Todo sobre mí, Ana Tarambana

Viernes

Así soy yo, Ana Tarambana.

No soy hija única, pero a veces lo hubiera deseado. Somos siete personas en casa: mis padres, mis hermanos y yo, y el abuelo. Y el perro y el gato. Demasiado a veces para una familia.
No siempre. Sólo a veces.

Papá casi todo el tiempo está en la oficina y cuando le llamas siempre dice "Ahora no puedo hablar, estoy muy liado".

Mamá me regaña cada vez que encuentra unas bragas por el suelo o los zapatos en el sofá.

Dice cosas como: "¡A ver si te has creído que la casa se limpia sola! ¿Quién piensas que lo hace todo? ¡Si me dieran un euro cada vez que me agacho para recoger tus calcetines apestosos...!

¡... Hasta podría irme de crucero!" Bla, bla, bla. Y así todo el tiempo.

Yo soy la tercera hermana y creo que tampoco habría estado mal ser la pequeña. No acabo de entender por qué Mamá y Papá quisieron tener otro hijo después de mí. No lo necesitaban y además es un incordio totaaal. Se llama Manu Chinche y ciertamente resulta una verdadera lata para todo el mundo. No para de fastidiar y de meternos en líos por su culpa.

Y si crees que ir
al cole puede ser
una liberación, entonces
está claro que no
conoces a la gente de mi clase.
Sin citar a nadie, por
por ejemplo, Vanesa García
vaya numerito de niña.

A veces me quedo

totaaalmente

abstraída,

mirando a las musarañas, sin pensar
absoluuutamente en nada, y entonces la señorita
Olga se enfada muchísimo. La pongo nerviosa.
Lo sé porque siempre me lo está repitiendo.
La verdad es que la señorita Olga no es mi
persona favorita del planeta Tierra. Por desgracia,
yo vivo en el planeta Tierra y ella es mi
profesora.
La señorita Olga dice que no tengo ni piiizca de
concentración. Quiero demostrarle que se
equivoca y trato de acordarme de estar
concentrada. Pienso en ello todo el tiempo. Trato
desesperaaadamente de no desconcentrarme y me
digo a mí misma "que no te pase lo de ayer".
Y entonces empiezo a pensar en cómo ayer me
dejé ir a la deriva y en cómo estaba pensando que
debo prestar atención a lo que la señorita Olga
está diciendo.

Y entonces me pregunto:

¿cómo me van a caber en la cabeza

todas las cosas que dice?...

Y entonces me pregunto si no debería hacer limpieza

de todo lo que necesito.

Como cuando mi papá
limpió de cachivaches el ático,

le dijimos que habíamos decidido
que necesitábamos
tooodos los trastos

y tuvo que ponerlo todo arriba otra vez.

Seguro que hay mucho espacio útil en
mi

cabeza

ocupado con cosas inútiles

y

  por eso

    no me puedo

      c o n c e n t r a r

Porque todo el espacio dedicado a la concentración

    está ocupado con

cosas como:

        "¡Quita los codos de la mesa!"

        y,

    "¡No molestes a tu hermano!"

        y

    cosas

  irrelevantes y

    sin sentido

   que

      no importan.

"¡Ana

¿Te
importaría
bajar
a la
Tierra

8

Tarambana!

ahora

mismo?"

Es la señorita Olga.

Resulta
inconfundible
su voz de oca
chillona,
que te
machaca
el cráneo
como la bocina
de un coche.

Me dice,

"Ana Tarambana, careces totaaalmente de concentración.
Hasta una mosca tiene más capacidad de atención que tú".

Y yo quiero contestarle:

"Y usted carece totaaalmente de educación, señorita Olga. Hasta los rinocerontes gastan mejores modales".

Pero no se lo digo, porque aunque la señorita Olga puede decirme todo tipo de groserías, a mí no se me permite contestar. Son las reglas del colegio.

Entonces la señorita Olga dice: "Bien, ahora os voy a explicar en qué consiste el súper excitante concurso para la Jornada de Puertas Abiertas".

La verdad es que la señorita Olga no parece muy entusiasmada, claro que haría falta un elefante bailando dentro de la clase para alterar un sólo gesto de su cara.

En cualquier caso, tenemos que trabajar en parejas y pensar en algún tipo de manualidad que nos guste, para exponerlas todas el día en que los padres vienen a ver las monerías que saben hacer sus queridos niños.

Por supuesto, yo y Alba Blanco lo haremos juntas porque somos graaandes amigas; nuestra amistad es totaaal.

La señorita Olga dice que el trabajo tiene que basarse en algún libro que hayamos leído y del que hayamos aprendido algo.

Me suena totaaalmente aburrido.

Al llegar a casa subo directamente por las escaleras hasta la despensa. Cojo un quesito, porque me chiflan y también porque nunca se sabe cuándo vas a tener un ataque de hambre. La gran alacena de la despensa es un sitio estupendo donde puedo estar tranquila sin que nadie me moleste.

Es mi refugio secreto cuando no quiero que me encuentren. Y es donde me gusta retirarme a leer. Hace falta una linterna, suerte que los Reyes Magos me trajeron una. Tuve que pedirla en mi carta a Sus Majestades de Oriente.

No creo demasiado en los Reyes Magos, pero a Papá y Mamá les hace ilusión que crea, así que de todas maneras les escribí una carta:

"Queridos Melchor, Gaspar y Baltasar:

Si existís de verdad, ¿podríais traerme una linterna? Y si no existís, ¿podría alguien encargarse de traerme una linterna?".

Creo que es importante plantear siempre más de una opción, porque en estos tiempos que corren ya no puedes estar segura de casi nada.

La abuela cree que el mundo es un lugar lleno de misterio, en el que los hombres van al espacio y todo eso.

Dice: "Después de todo ¿Quién iba a pensar que un día podríamos enviar una foto por teléfono, o asar en cinco minutos una paletilla de cordero?".

No es que me guste demasiado leer, pero la abuela me ha dejado un libro titulado UNA NIÑA LLAMADA LARA y mamá ha señalado un rincón con el dedo, así que

yo me he transformado en un ratón de biblioteca.

UNA NIÑA LLAMADA LARA es un libro de la COLECCIÓN LARA GUEVARA, sobre una niña de once años que es excepcional y tiene habilidades detectivescas.

No tiene hermanos ni hermanas, y corre aventuras de lo más increíbles.

En cambio yo,
 lo más
  lejos
   que llego
 por mi
  cuenta es
 hasta la
 tienda de
  chuches
   del
 barrio.

Lara Guevara vive en una gran mansión y sus padres son muy ricos, y tiene un mayordomo que también es chófer y camarero... hace de todo.

Se llama Pérez, que es su apellido.

A los mayordomos se les llama por el apellido (es lo normal en el mundo de los mayordomos).

Algunas veces Lara Guevara va al colegio en helicóptero. Y también tiene todo tipo de dispositivos especiales y trucos. Ni siquiera sus objetos personales son normales. Sus zapatillas deportivas integran un sistema de potentes muelles que le permiten saltar por encima de sus enemigos. Su traje de baño está equipado con un superpropulsor que la hace nadar tan rápido como los tiburones.

¡Imagínate! ¡Lara lo consigue todo por correo! Todo resulta súper interesante, y sin que se enteren los otros investigadores ni los presidentes de gobierno. Además, hay muchas pistas cifradas en extraños códigos.

Pero nadie sospecha nada nunca. ¿Cómo podrían?

Esa es la característica más original de Lara Guevara, que no necesita disfrazarse porque ¿quién iba a sospechar que una pequeña colegiala es maestra de agentes investigadores?

Como sólo recibo correo por mi cumpleaños, he empezado a encargar cosas. Hay montones de chismes que puedes recibir gratis en casa si rellenas los cupones.

Mamá lo llama correo-basura pero a mí me parece muy interesante tener correo, aunque sea sobre camisetas térmicas.

A mi papá le llega correo con la palabra

PRIVADO

escrita en el sobre,

así que por lo que yo sé podría ser un agente secreto.

He podido echar un vistazo a una de las cartas y había muchos números y fechas y luego estaba escrito en rojo:

ÚLTIMO AVISO.

Me parece todo la mar de sospechoso.

Y el otro día, Papá dijo que
"van a haber cambios en el trabajo"
      y que él tendrá que
            "pasar por el aro"
si quiere conseguir
      "una parte del pastel".
Dice que "el gran queso ha estado crujiendo y
algunos se van a quedar al fresco si pierden de vista

el balón. Pero así es
como se desintegran
las galletas".
No estoy segura de
qué estaba hablando.
Alba Blanco cree que
casi seguro se trata de
una clave secreta.
Papá dice: "Puedo
asegurarte que si

yo fuera un agente secreto me iría a algún lugar secreto y soleado con una playa maravillosa y sin teléfonos".

Papá tiene que llevar siempre encima el móvil. Tiene que estar totaalmente localizable en todo momento.

A mí me resultaría muy difícil ser agente secreto, porque toda mi familia anda siempre metiendo las narices en mis asuntos privados y hacer cualquier cosa sin que se sepa sería totaalmente imposible.

Alba dice que hay que tener una buena tapadera y muchos dispositivos especiales, camuflados como objetos cotidianos.

Por ejemplo, la tostadora de Lara Guevara también funciona como un aparato especial de fax.

Y si pulsas el botón hacia

a
b
a
j
o,

se transmite

un mensaje secreto del jefe de Lara y

Después de haberlo leído, Lara Guevara puede comerse la tostada de modo que nadie más pueda ver el mensaje.

Alba también dice que "hay que tener mucha confianza en uno mismo, para no levantar sospechas".

Los padres de Lara no saben absoluuutamente
nada sobre la vida de su hija como investigadora
de misterios y agente especial, porque ella no les
da motivos para sospechar.

A veces Lara regresa de Rusia o de alguna otra
parte, apenas un momento antes de que sus
padres entren en su habitación para darle un beso
y decirle buenas noches.

En ocasiones, tiene que recurrir al truco de
esconder almohadas debajo del edredón para que
parezca que está dormida, cuando a lo mejor se
encuentra a cinco mil kilómetros y pico, en una
abrupta montaña, y no en pijama sino más bien
abrigada con un chaquetón grueso y peludo.

Le digo a Alba: "He intentado hacer lo de la
almohada debajo del edredón, pero no funciona
si tienes una mamá como la mía, que comprueba
si te has lavado los dientes".

Añado: "Creo que ni siquiera Lara Guevara
podría engañar a mi mamá".

Y Alba replica: "Lo que Lara Guevara haría es

pulverizar por la habitación aroma de menta como el de la pasta de dientes. De este modo su madre, al oler el frescor mentolado, no comprobaría si se ha cepillado los dientes".

¡Por supuesto, tan sencillo como eso! Pero tienes que pensarlo antes.

Otro equipo imprescindible para ser agente secreto es un teléfono.

Lara Guevara tiene teléfonos por todas partes, incluso en el cuarto de baño.

A veces Pérez, el mayordomo, le lleva el teléfono en una bandeja. Alba Blanco tiene un teléfono en su habitación.

Cuando le pregunté a Papá si yo podía tener un teléfono en mi cuarto, estuvo riéndose de una forma muy divertida durante casi 9 minutos.

Me gustan los padres de Alba, son tan agradables. El señor y la señora Blanco siempre me dicen "llámame Juancho" o "llámame Tere". Incluso Alba los llama Juancho y Tere.

Dejan a Alba levantarse a la hora que quiera.

Alba también se va a la cama cuando le apetece.

Alba Blanco es hija única. Bueno, casi única.

Tiene un hermano, Javi, veinte años mayor que ella. Vive en un piso y tiene una novia japonesa.

Yo tengo un hermano mayor que se llama Gus.

Casi nadie ve a Gus porque siempre está encerrado en su habitación a solas. Su habitación está muy oscura y huele a pies.

Tiene todas las cosas desparramadas por el suelo y nunca hay nada en orden.

Mamá dice que es porque está en la edad del pavo, pero que un día se le pasará.

Y yo pregunto: "¿Cuándo?".

Y Papá dice: "Por si acaso, espera sentada". Lo que significa que va a tardar bastante.

Lunes

El libro de Lara que estoy leyendo ahora se titula LAS REGLAS DE LARA GUEVARA.

Todos los libros de la colección empiezan igual:

En la calle de los Cedros había una casa ultramoderna, con muros blancos y cristales relucientes. En esa casa habitaba una niña fuera de lo común, hija de una pareja muy adinerada, Francis y Sabina Guevara.

Pusieron a su chiquitina el nombre de Lara, pero para los iniciados ella era nada menos que la superagente Lara Guevara, detective investigadora y solucionadora de misterios.

Hay una ilustración de la casa y un mapa con los túneles secretos de entrada.

Todos los libros tienen un principio muy tranquilo y apacible, no sospechas lo que vendrá luego.

Era una mañana muy luminosa. La señora Merceditas corrió los visillos y el sol iluminó el rostro angelical de Lara Guevara.

"¿Pastelitos o tostadas?", dijo la servicial ama de llaves.

"Pastelitos", contestó Lara con medio bostezo mientras se calzaba unas zapatillas increíblemente mullidas.

"Estupendo, señorita Lara. He preparado el baño... Disfrútelo a gusto, no hay ninguna prisa."

Ya ves, todo hace pensar que va ser totaaalmente aburrido. Pero espera y verás.

Lara supo que iba a ser un día estupendo, lo presentía...

"Mamá dice
que te levantes de la cama
ahora mismo,
y si querías leche con cereales,
pues te fastidias,
porque se han terminado."

Esa es Marga, mi hermana mayor, se la conoce
por lo desagradable de sus maneras.

Mamá dice que cuando se repartieron los buenos
modales Marga había ido al cuarto de baño.

Bajo las escaleras a
la pata coja
porque sólo tengo una zapatilla. Es cosa de
nuestro perro, Cemento, que ha enterrado la otra
zapatilla en el jardín y nadie la ha podido
encontrar.

Seguro que dentro de cien años la descubre algún
arqueólogo. Dirá que es muy interesante y la
donará a un museo.

Cuando llego abajo, resulta que nadie se habla en la cocina.

Marga está enfadada con Mamá y Gus está enfadado con Marga. El abuelo no puede hablar con nadie, porque todavía no se ha puesto el sonotone.

Manu Chinche me habla, pero ojalá no lo hiciera. Es como un moscón incordiante y tengo que compartir habitación con él. A veces cuando quiero perderlo de vista, amontono trastos detrás de la puerta.

Tiene cinco años. ¿Quién quiere compartir su habitación con un hermano-de-cinco-años? No necesito ningún hermano. Ya tengo uno en la edad del pavo que se llama Gus y es más que suficiente.

Manu Chinche pregunta: "¿Cuál es el colmo de un ciego?"

No me interesa, seguro que no tiene gracia.

Intento leer la parte de atrás del paquete de cereales, porque hay una buena promoción de lapiceros con goma de borrar en la punta.

Manu Chinche dice: "¡Llamarse Casimiro Buenavista!

¿Lo has entendido? ¿Lo has entendido? ¡Casi-miro Buena-vista!

Y digo: "No".

Me molesta y hace que se me derrame encima el zumo de naranja cuando lo estoy removiendo. Así que le tiro un pellizco.

Mamá dice: "¡No seas bicho! Haz el favor de ponerte el abrigo y vete volando al colegio, sin tonterías. Y súbete bien los calcetines y no te olvides del bocadillo. ¡Y límpiate un poco, que te has puesto perdida!".

A veces, cuando puedo, leo mi libro de camino al colegio.

Lara bajó en el ascensor desde la cocina al vestíbulo de entrada.

"Hola, Pérez", saludó a su fiel mayordomo mientras entraba en la elegante limusina negra aparcada frente a la puerta principal. Lara conectó la tele de a bordo, le gustaba ver sus dibujos animados favoritos antes de empezar la jornada escolar. Disfrutaba del trayecto...

¡Ana Taraaambana! ¡Espera que voy!

Es Roberto el Copiota, el chico de la casa de al lado, que está subido en la tapia. Trato de pasar de largo mientras sigo leyendo mi libro.

"Pensándolo mejor, me apetece pasear", dijo Lara a su chófer.

Después de todo era un día maravilloso y podía pasar por el centro comercial y comprar su chicle favorito.

¡Ana Tarambaaana! ¡Sé que me has oído!"

¡Jolín con Roberto el Copiota!

Me tiene frita. Suele sentarse en la tapia esperando a que yo asome la cabeza.

Me paso la mitad del tiempo intentado deshacerme de él.

A Mamá le hace gracia. Dice que tengo suerte de tener un admirador.

Dice que no todo el mundo tiene alguien que quiera estar a su lado, hasta el punto de seguirle a uno allá donde vaya.

Mamá pone cara de guasa. A mí me parece que, si le apetece, podía tenerlo ella enredando detrás todo el día con su anorak.

Lara Guevara también tiene un vecino molesto, pero tiene más de 70 años y no lo tiene en clase ni nada por el estilo. Eso sí, siempre anda curioseando en los asuntos ajenos y en ese sentido es como Roberto el Copiota.

El señor Seco asomó la nariz por la puerta de su casa y husmeó el aire ruidosamente.

"¿No eres tú la niña de los Guevara? ¡Ya te he dicho que no me pises el césped! ¿Saben tus padres que estás aquí? ¿No tenías que estar en el colegio? Creo que los voy a llamar por teléfono."

Lara Guevara hizo como si no hubiera oído.

"Buenos días, señor Seco", saludó con voz encantadora. "¿Qué tal está usted?"

Esto siempre le volvía todavía más loco.

Me apresuro hasta el cole y Alba Blanco ya está allí. Ha traído unos preciosos zapatos del extranjero.

Alba Blanco viaja por todo el mundo con sus papás y tienen amigos por todo el planeta, incluso en China, que como poco está a muchillones de kilómetros. Los padres de Alba consideran que es esencial que los niños vean mundo para convertirse en individuos equilibrados.

Dicen que viajar es la mejor educación que puede recibir un niño, de manera que con frecuencia, así de pronto, cogen un avión con Alba hacia cualquier parte. Como si fuera de lo más normal.

Me gustaría que Roberto el Copiota se fuera a dar la vuelta al mundo.

Se acerca a Alba y a mí y dice:

"¿Habéis pensado ya en un libro para el concurso de manualidades? Pues deberíais, porque hay un premio misterioso y además grabarán el nombre de los ganadores en una pequeña copa de plata que se expondrá en la vitrina de los trofeos y todo el mundo podrá verla. Lo han anunciado en el tablón.

Y Óscar Pascual y yo tenemos una idea realmente estupenda y vamos a ganar".

Cosa que, si los conoces, resulta totaaalmente improbable.

Resulta que Roberto el Copiota y Óscar Pascual van a hacer su trabajo sobre dinosaurios.

Dicen que tienen huesos prehistóricos de dinosaurios auténticos, pero son simples huesos de pollo de la comida de Roberto del domingo.

Yo le digo: "Esos huesos de pollo son demasiado pequeños para ser huesos de dinosaurio".

Y ellos me contestan: "Son huesos de un dinosaurio muy pequeño".

Yo digo: "No había dinosaurios muy pequeños, eso es un pollo".

Ellos dicen: "Es un pollo-dinosaurio".

Yo digo: "Interesante. No sabía que se pudiera comprar dinosaurios en el supermercado".

Pero la verdad es que nos han dejado
un poco desanimadas. Contemplamos
la copita de plata de los vencedores
en la vitrina de los trofeos.
Nos morimos por ser nosotras las ganadoras,
pero nos faltan ideas.
También quisiéramos saber en qué
consiste el premio misterioso.

Yo pienso que podría ser un walkie-talkie y Alba
cree que es una de esas cámaras digitales que te
enseñan la foto en el mismo momento.

**Sea lo que sea,
lo queremos.**

Después del cole me voy con Alba Blanco a su
casa, para hablar de nuestro trabajo para el
concurso. Me encanta ir a casa de los Blanco, es
estupendo, algunas veces cenamos cosas de picar
y un refresco.

Pero otras veces el
señor Blanco-
Llámame-Juancho
dice: "Vámonos al
Dragón Feliz",
que es un
restaurante chino
muy elegante, con
sillas aterciopeladas
de color púrpura.

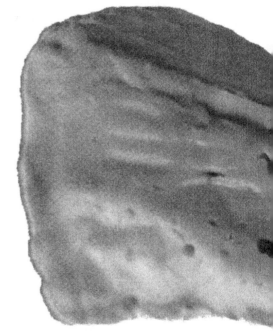

En otras ocasiones improvisa una cena con
cualquier cosa que tenga en la despensa, pueden
ser patatas o un queso de olor extraño.
Los Blanco viven en una casa muy moderna,
como la de Lara Guevara.
Tienen la cocina en el piso de arriba.
Es sorprendente.

Cuando entras, te tienes que quitar los zapatos y ponerte unas zapatillas especiales.

Lo aprendieron en Japón.

Se lo he contado a Mamá. Y me ha dicho:

"¡Ana Tarambana! ¿Y todas las veces que yo te pido que te quites los zapatos, me haces caso? ¡No!".

Es verdad,

pero es que en casa de los Blanco resulta divertido hacerlo.

Finalmente, Alba y yo apenas hablamos del trabajo sobre un libro para el concurso, porque casi todo el tiempo nos lo pasamos charlando sobre Lara Guevara.

Alba y yo estamos totaaalmente enganchadas a sus libros.

No podemos parar. Y cuando los terminamos, los volvemos a leer.

Ahora voy por cuando se celebran elecciones en el colegio de Lara Guevara y ella se presenta para delegada de su clase.

Naturalmente esto no hace nada feliz a la profesora de Lara, la señorita Felisa. Lara y la señorita Felisa no se pueden ni ver. Lara, claro está, tiene buenas ideas para mejorar las cosas.

Por ejemplo, hacer más largos los recreos.

Me gustaría que hubiera más libros de Lara. Estoy pensando en escribir a la autora, Patricia F. Montes y decirle que debería escribir más deprisa.

La señora Blanco-Llámame-Tere dice: "¿Y por qué no lo haces? A la gente le encanta que a otros les gusten sus libros".

La mamá de Alba sabe esto porque de hecho ella misma es escritora.

El próximo miércoles viajará al extranjero para firmar sus novelas.

Es una autora muy conocida y puedes comprar sus historias en las mejores librerías.

Así que escribimos:

Querida Patricia F. Montes:

Somos ávidas lectoras de la colección Lara Guevara y ya hemos leído todas sus aventuras al menos una vez. Lo que quisiéramos saber es cuándo se publicará el próximo libro de Lara Guevara y cuál será el título.

También en la página ciento 6, cápítulo 8 de

¡Corre, Lara, corre!

¿Por qué el archivillano Dédalus no comprueba que el cerrojo del sótano esté cerrado?

Y también en la página 33 decía que Lara llevaba puestas las gafas pero luego dice usted que no podía ver bien porque no tenía sus gafas con ella.

Aguardamos su respuesta con impaciencia

Alba Blanco y Ana Tarambana.

p.S. Creemos que debería escribir ustes un poco más deprisa.

Escribimos dos cartas iguales, una cada una de nosotras, por si se pierde alguna. Tere nos da sellos de correo para que podamos enviarlas mañana.

Nos pregunta qué tal por el cole y le contamos lo del aburridísimo concurso de trabajos manuales sobre un libro, pero que queremos ganar.

Y nos dice: "¿Y por qué tenéis que escoger un libro aburrido?".

Es verdad, ¿por qué?

Salvo que no se nos ocurre uno que sea interesante y que también sea didáctico.

Martes

Al día siguiente me pongo nerviosa porque Alba Blanco y yo todavía no hemos pensado en un libro para nuestro trabajo.

Además, llego tarde porque no puedo parar de leer LAS REGLAS DE LARA GUEVARA.

Lara deambuló hasta el colegio sin darse prisa. Después de todo, ya llevaba veinte minutos de retraso. ¿Qué importaban cinco minutos más tarde? Siempre podía inventar cualquier excusa. Tenía que presentarse ante la señorita Dolores, la secretaria del colegio, pero eso no era nada.

La señorita Dolores no era un obstáculo para sus excusas. No importaba cuánto lo intentara la pobre secretaria, no conseguiría hacer que Lara se volviera más formal.

El problema era la señorita Felisa. No había nadie más estricto que ella. A su lado, el malvado Conde Von Vizconde parecería buena persona.

Lara entró en clase con los andares de una modelo por la pasarela, hizo ruido dejando caer la tapa del pupitre y luego se repanchingó hacia atrás en su silla. Para su sorpresa, no le cayó inmediatamente una bronca, sino que la señorita Felisa le dirigió una sonrisa amistosa.

¡La señorita Felisa estaba siendo agradable! Algo no iba bien.

Después, a medida que iba explicando la lección, Lara se dio cuenta de que no estaba aburrida. Era impensable que las clases de la señorita Felisa no fueran un fastidio.

Definitivamente, había algo sospechoso.

¿Se había transmutado la señorita Felisa en un ser extraterrestre? ¿Había sido sustituida por un impostor clónico?

Lamentablemente, la señorita Olga sigue estando ahí y no se ha convertido en un extraterrestre. En primer lugar, me fulmina con la mirada por llegar tarde y luego dice: "Espero que todos tengáis una buena idea para el concurso de manualidades. El que no haya escogido libro, yo le adjudicaré uno".

Esto último me pone los pelos de punta,

porque sé qué tipo de libros son los que le gustan a la señorita Olga.

Seguramente uno sobre serpientes o sobre ballet clásico o sobre serpientes que bailan ballet clásico. Alba y yo nos miramos. Yo hago un gesto que significa "¡Socorro! ¿Qué podemos hacer?".

Y ella responde con una cara que significa "Ojalá lo supiera".

Estoy empezando a sentir verdadero pánico porque, como no se nos ocurra nada, vamos a tener problemas. Nos vamos a llevar una bronca y encima luego tendremos que hacer el trabajo sobre una de las apestosas ideas de la señorita Olga.

¿Por qué no se le ha ocurrido a Alba Blanco un buen plan? A ella siempre se le ocurren cosas para tener a la señorita Olga contenta.

Ella jamaaás se mete en problemas.

De veras.

Nunca.

Pero es como si el malvado Conde Von Vizconde hubiera dejado a Alba muda.

Es como en ese pasaje de AL RESCATE DE LARA
GUEVARA, cuando el pérfido Conde Von Vizconde
intenta hacer a Lara un lavado de cerebro y
robarle todas sus buenas ideas.

Esto lo consigue abriendo mucho los ojos y antes
de que te des cuenta ya estás bajo su hechizo.

La señorita Olga está pasando lista a la clase.

Casi ha llegado a mi nombre.

Alexandra Bustamante dice que hará la muestra
sobre los viejos tiempos, le encanta el pasado.

Dice que piensa arreglarse un vestido antiguo,
haciéndose pasar por una dama de hace cien
años, y repartirá caramelos de la época victoriana.

Sacó la idea de un libro titulado Los victorianos.

Ojalá se me hubiera ocurrido a mí.

Y mi primo Noé y mi amiga Susanita Pardo
dicen que van a hacer su proyecto sobre un libro
titulado Alimentación global, que quiere decir
"la comida en el mundo", y van a montar una
muestra de cocina auténtica.

La señorita Olga está a punto de decir mi

nombre y yo tengo el estómago hecho un nudo por culpa de los nervios, pero justo cuando dice "Ana Tarambana, ¿qué libro habéis elegido para vuestro trabajo?", la señorita Marcia, la secretaria, asoma la cabeza por la puerta y dice "Señorita Olga, don Braulio quiere hablar con usted".
Y entonces la señorita Olga sale de la clase.

Después del recreo se puede ver a la señorita Olga enojada y echando pestes por alguna razón. Probablemente Carlitos Terremoto ha hecho alguna de las suyas, como siempre.
Carlitos Terremoto es el chico más travieso del colegio y está en nuestra clase. Todos los días se mete en problemas.
Una vez entró en el almacenillo del conserje y se llevó varios letreros que decían:

CUARTO DE BAÑO FUERA DE SERVICIO
y los fue colgando en todas las puertas, incluida la del despacho de don Braulio, el jefe de estudios.
Lo enviaron a su casa por eso.

La señorita Marcia dice que probablemente es hiperactivo y que no debería tomar bebidas azucaradas. La señorita Olga dice que no hay excusa para la mala conducta y que ese Carlitos Terremoto es una mala influencia y un mal ejemplo.

La he escuchado hablando con don Jacinto, el celador. Ha dicho: "Opino que es culpa de los padres".

Y don Jacinto ha dicho: "No puedo estar más de acuerdo".

Dice la señorita Olga: "Me resulta enojoso deciros que alguien, no voy a decir nombres, ya sabéis quiénes habéis sido, se ha entretenido antes de clase inundando los servicios de chicos".

Si se tratara de mí, me preocuparía mucho, y eso que nunca he estado en los servicios de chicos.

Han sido Carlitos Terremoto y Pepe Guasón.

Don Braulio, el jefe de estudios, los ha llamado a su despacho y luego ya no han regresado.

A la hora de volver a casa, voy a mi percha para buscar mi abrigo, pero siento extrañas las mangas y además ahora tiene una cremallera, en lugar de botones. Resulta que han cambiado todos los abrigos de sitio y me cuesta un montón encontrar el mío.

Me pregunto cómo ha podido suceder. Carlitos Terremoto ni siquiera ha estado en el colegio esta tarde.

Esto es horroroso.

En el camino de vuelta a casa tengo que parar para comprar algunas cosas imprescindibles, como un paquete de patatas fritas. Por desgracia, cuando salgo de la tienda Roberto el Copiota me está esperando fuera.

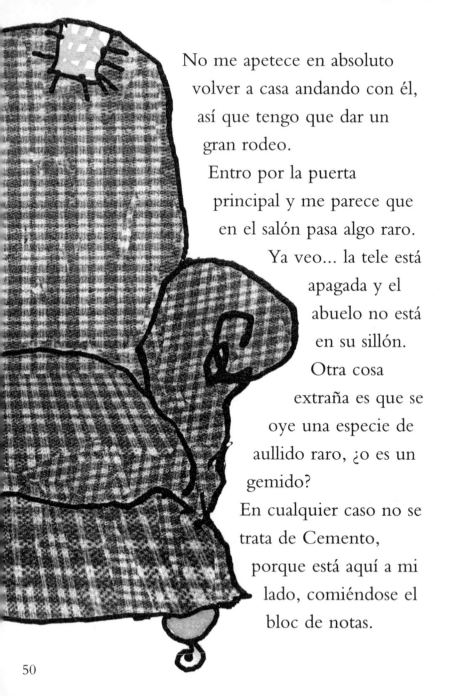

No me apetece en absoluto
volver a casa andando con él,
así que tengo que dar un
gran rodeo.

Entro por la puerta
principal y me parece que
en el salón pasa algo raro.

Ya veo... la tele está
apagada y el
abuelo no está
en su sillón.

Otra cosa
extraña es que se
oye una especie de
aullido raro, ¿o es un
gemido?

En cualquier caso no se
trata de Cemento,
porque está aquí a mi
lado, comiéndose el
bloc de notas.

Forcejeo para quitárselo, pues veo que está a punto de tragarse un mensaje de alguien...
Las únicas palabras del mensaje que puedo leer son "... sin tiempo de explicarte, pero voy a estar en ca...".
Ahora sí que la hemos liado.
¿Qué querrá decir?

¿Quién no tiene tiempo de explicar qué? Y dónde dice que va a estar?
Estoy pensando qué hacer, cuando suena el teléfono.
Es Mamá. Me dice: "Anita, ¿Podrías decirle a tu hermano que ponga la cena a calentar?".
Yo le digo: "Está ocurriendo algo sospechoso. He oído una especie de gemido...".
Ella dice: "Cuidado, señora Alonso... ¡Así no! ¡Se va a hacer daño! Ahora mismo voy para allá. Aguante y no se mueva".

Y entonces se corta la llamada.

Mamá trabaja en un centro de mayores y les enseña a bailar.

Dice que bailar puede resultar peligroso si tus caderas ya no son las de antes.

En cualquier caso, saco mi libreta

y escribo:

Extraño incidente en el salón.

Es la clase de comentario que haría Lara Guevara.

Abuelo desaparecido.

Escuchado aullidos ¿O eran gemidos?

Mamá no parece sorprendida.

¿Qué está sucediendo?

Esto último lo subrayo varias veces

porque ésa es

la gran

incógnita.

Gus achicharra la cena en el horno y sabe a quemado, pero eso no es extraño.

¡Lo que me da escalofríos es que da la impresión de estar contento!

Mañana se lo tengo que contar a Alba Blanco.

Miércoles

En cuanto me levanto, me pongo a leer otra vez.
Voy leyendo incluso mientras bajo las escaleras
para ir a desayunar.

> Lara Guevara llegó a la cocina, donde la
> encantadora señora Merceditas había preparado
> un desayuno delicioso. En el aire flotaba el aroma
> cálido y dulce de los creps recién hechos. A Lara
> se le hacía la boca agua.

Papá pregunta: "¿Qué te apetece desayunar?".
 Yo respondo: "Creps calentitos".
Papá dice: "Si quieres creps, tendrás
que hacértelos tú misma".
 Yo digo: "Bueno,
pues me los haré
yo misma".
Mamá dice: "Lo
siento, pero no
quedan huevos".

La señora Merceditas no habría permitido que se acabaran los huevos.

Cuando llego al cole, no veo a Alba Blanco por ninguna parte.

Me pregunto qué ha podido ocurrir. Alba llega siempre puntual al cole. Jamás llega tarde a clase. Casi nunca.

Puede que tenga la varicela o alguna fiebre infecciosa.

¡Vanesa García tampoco está! ¡Atiza!

No voy a poder escaparme de contarle a la
señorita Olga sobre qué libro vamos a hacer
nuestro trabajo para el concurso de muestras.
Intento pensar "¿Qué haría Lara Guevara?".
Ella siempre tiene una respuesta ingeniosa cuando
la señorita Felisa quiere ponerla en apuros.

Seguramente ella diría algo así como:

"Señorita Felisa, resulta que iba yo enfrascada en mis asuntos cuando me atacó una manada de gatos salvajes. En mi desesperado esfuerzo por defenderme, hice un movimiento violento con la cabeza que me ha provocado amnesia".

Amnesia significa que has perdido la memoria.

"Y ya ve usted, señorita Felisa, me resulta imposible recordar sobre qué libro pensaba hacer el trabajo. Lo he olvidado. Y si no me cree, puede preguntarle a Pérez, mi mayordomo."

Y ella diría: "De acuerdo, señorita Guevara. Creo que eso es lo que voy a hacer".

Y por supuesto, cuando llamase, Pérez le diría: "Pues sí, señorita Felisa. Me temo que eso es exactamente lo que ha sucedido".

El bueno de Pérez siempre respalda a Lara. Y la saca de apuros.

Me gustaría tener mayordomo, pero Papá dice que es demasiado caro.

"¡Ana Tarambana! ¡No te lo repito más veces! ¿Me quieres contestar?"

Y antes de que pueda pensarlo, digo: "Perdone, señorita Felisa. ¿Qué me había preguntado?".

Entonces, la señorita Olga me mira con ojos de basilisco y dice: "Bien, monina. Quizá recordarlo sea demasiado para ti, pero todos tus compañeros saben que mi nombre es señorita

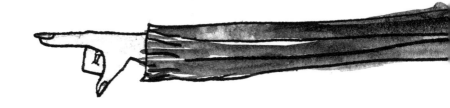

O. L. G. A.

Es decir Olga".

La señorita Olga dice: "La pregunta era sobre qué libro pensáis hacer vuestro trabajo, si es que habéis pensado hacer alguno".

Yo miro cabizbaja hacia el pupitre y contemplo la portada de mi libro LAS REGLAS DE LARA GUEVARA.

(Lara Guevara suele decir que "A veces la respuesta se encuentra delante de tus narices.

Y a veces tienes que proporcionar una respuesta por narices, no importa si es acertada o no".)

Casi estoy a punto de soltarle a doña Olga el rollo de los gatos salvajes y la amnesia, cuando de forma involuntaria mi boca se abre y empieza a hablar ella sola.

Y lo que digo es: "Sí, señorita Olga. Alba Blanco y yo vamos a hacer una muestra sobre Lara Guevara, la superagente y maestra de detectives".

En la clase se han quedado alucinando pepinillos, desearían que se les hubiera ocurrido a ellos.

La señorita Olga se ha quedado sorprendida, pero está claro que no le parece una buena idea. No cabe duda, porque aprieta mucho la boca y dice: "No me parece que se trate de una buena idea".

Dice: "En fin, ya me diréis qué se puede aprender de esa clase de libros".

Y ese es el quid de la cuestión. No se me ocurre qué hemos podido aprender de esos libros, pero

estoy segura de que Alba pensará en algo.
Vuelvo andando del cole,
                muy excitada.

Lara Guevara estaba satisfecha. Consiguió frenar las iras de la señorita Felisa. Al menos, por esta vez.

La señorita Felisa estaba dispuesta a frustrar los intentos de Lara para ser delegada de la clase y cortar en seco sus pretensiones de hacer cambios en el uniforme del colegio y de instaurar recreos más largos, por los que suspiraban todos los alumnos.

En cuanto llego a casa, llamo a casa de Alba para contarle la buena noticia. Pero nadie contesta el teléfono.

Me estoy empezando a preocupar.

Quizá los Blanco se encuentren en cama, enfermos de varicela. Pero, incluso si fuera así, bien podrían contestar a mi llamada, porque precisamente para eso tienen teléfonos en todos los dormitorios, para casos de emergencia como el de la varicela.

He oído esa especie de aullido otra vez y parece que procede de la habitación del abuelo, y no se trata de Cemento porque Cemento no aúlla.

Además, el abuelo ha salido para dar su paseo de cada tarde. Ha dejado una nota.

Miro por la cerradura y me parece que he visto algo que se mueve. No puede ser nuestro gato, Pelos, porque se encuentra aquí, a mi lado.

Aquí pasa algo raro.

Decido que voy a echar un vistazo rápido a la habitación, pero en ese momento oigo al abuelo que entra por la puerta, así que me pongo al teléfono y hago como que hablo con la señora Martínez, nuestra estúpida vecina. Estoy segura de que Lara Guevara hubiera hecho algo así.

El único problema es que el abuelo me oye y piensa que es cierto que estoy hablando con la señora

Martínez y, por alguna razón, me dice que le pregunte si le podría prestar la otra cesta de su perrito, la que tiene siempre de reserva.

Eso significa que ahora voy a tener que llamar de verdad a la señora Martínez para pedírsela, o de lo contrario quedaré en evidencia.

A Lara Guevara nunca le pasan estas cosas.

Entonces el abuelo va y dice: "Por cierto, esta mañana llamó tu amiga Alba Blanco".

Ansiosamente pregunto: "¿Dejó algún recado para mí?".

Y el abuelo contesta: "Dijo algo así como que iba a pasar en cama varios días, no se entendía muy bien porque la línea tenía mucho ruido".

¡En cama! Luego la hipótesis de la varicela tal vez sea cierta, después de todo. O tal vez haya sufrido algún tipo de accidente. Qué lío.

Después de cenar iba a escaparme para leer mi libro de Lara en el refugio de la despensa. Pero resulta que mi linterna ha desaparecido. Alguien la ha robado.

Así que tengo que irme a leer a mi cuarto.

Ahora estoy leyendo una parte interesantísima. Me tiene totaaalmente enganchada.

La noche dejó caer sobre la ciudad un manto negro. No se veía ni una sola estrella. Era como si ni siquiera hubiera cielo.

Lo que decía, se está poniendo súper emocionante.

Lara estaba en su cama tumbada, comiendo pizza y bebiendo coca-cola. No se había quitado el uniforme y todavía tenía puestos sus zapatos de colegiala.

Mamá se pondría hecha una fiera si me pillara tumbada en la cama con los zapatos puestos.

En la pantalla plana del supertelevisor con sonido envolvente, se veía una secuencia de "La comisaría loca", su serie favorita, protagonizada por David Trisbal, que posiblemente era el joven más apuesto del planeta.

Alguien llamó suavemente a la puerta.

"Adelante", dijo Lara con la boca llena de pizza.

Se abrió la puerta con suavidad y apareció Pérez, su mayordomo y amigo de confianza. Sobre una bandejita de plata traía un teléfono de color rosa, uno de los muchos teléfonos que Lara Guevara poseía.

"Es el señor Dédalus al teléfono, señorita Lara. Insiste en que quiere hablar con usted personalmente."

Lara se incorporó de manera súbita. El vaso de coca-cola se derramó en el suelo.

Tomó el auricular con gesto decidido y con voz burlona dijo: "Hola, Porky, cuánto tiempo. Pensaba que ya te habías jubilado".

"Pues te equivocas, señorita metomentodo", contestó una voz rasposa y desagradable.

"No tengo ganas de charla. Además se me va a enfriar la pizza, así que dime de una vez qué tripa se te ha roto".

"No te preocupes, no te voy a hacer perder tu precioso tiempo. Pensé que a lo mejor te interesaba saber que no vas a ver mucho a David Trisbal estos días, porque ahora está trabajando para un amigo mío... alguien que no te cae muy bien."

Dicho esto, Dédalus colgó el teléfono.

"¡No puede ser!", pensó Lara. "¡Oh, no!" Era impensable que David Trisbal trabajara para... Ni siquiera era capaz de pensar en su nombre. "Es imposible, me niego a creerlo."

Lara devolvió a la bandeja el teléfono rosa y dijo: "Pérez, necesitaré mi equipo de inmersión".

Me levanto para apagar la luz y me parece que el abuelo está bajando al jardín de puntillas, con las babuchas de andar por casa.

¡Es él quien me ha robado la linterna, el muy caradura! Cuando llega al cobertizo, abre la puerta y entra. ¡Está perdiendo la cabeza!

¿O es que **oculta algo?**

Sea lo que sea lo que esté haciendo, es algo de lo más extraño y estoy decidida a investigar este asunto hasta el fondo. Como que me llamo Ana Tarambana.

Tengo que volver a encender la luz para anotar todo esto en mi libreta. Quisiera tener una minigrabadora como la que usa Lara Guevara, porque así no te tienes que estar levantando todo el tiempo para encender y apagar la luz.

Es Jueves, hoy toca natación. La verdad es que no me gusta mucho, se pasa frío. Lo bueno es que después tomamos un tentempié con patatas fritas.

No soy muy buena nadadora.
No soy capaz de zambullirme en pijama
para sacar un ladrillo del fondo.
Pero Alba Blanco sí que puede.

Seguro que si alguna vez te toca sacar un ladrillo
del agua no te va a pillar con el pijama puesto.

Sería una emergencia extrañísima.

Alba Blanco incluso abre los ojos bajo el agua.
Algún día llegará a ser olímpica.
Roberto el Copiota sólo sabe nadar "estilo
perro". Cuando se tira, salpica todo. A veces hace
como que nada, pero va caminando por el fondo.

Más que zambullirme, lo que hago es caerme con los
brazos estirados. Pero funciona.
Don Marino, nuestro monitor, dice que
mi técnica para tirarme al agua
se llama "estilo tripazo".

Don Marino tiene cara de preocupación, porque

Alba Blanco no ha venido a los entrenamientos, y ella

es la Gran Esperanza de nuestro equipo de natación.

Yo también estoy bastante preocupada, porque se
me ha perdido mi amiga Alba Blanco

y no

tengo idea

de dónde puede estar.

Lo único divertido que ha ocurrido hoy es que Carlitos

Terremoto ha estado persiguiendo a Pepe Guasón

alrededor de la piscina.

Cuando cayó en la parte profunda y se hundió,

don Marino se quitó deprisa las zapatillas

y
ti
rar
se
al
agua

en
calzón
corto
para
salvarle.

Luego nos dijo:

"Por eso hay una regla importante que dice que

no hay
que
hacer el
mandril
alrededor de la piscina"

y dijo también que

"la próxima vez Carlitos Terremoto tal vez no
tenga tanta suerte y se pierda la natación
de manera definitiva".

Y las patatas fritas.

Por decirlo de una

manera suave.

Fue muy dramático y espectacular. Al llegar a casa, hice un dibujo de Carlitos Terremoto hundiéndose bajo el agua y se lo envié a mi abuela, porque le gusta que la tenga al tanto de las últimas noticias.

Antes de acostarme, voy varias veces al cuarto de baño para cepillarme los dientes, pero siempre esta ocupado. Me quedo a esperar en la puerta, mientras leo mi libro.

Clara se dejó caer hacia atrás por la borda de la lancha, sumergiéndose en el agua tranquila y oscura. Avanzaba sin esfuerzo. Sólo las burbujas de su respiración confirmaban que se trataba de una criatura humana y no un pez.

Al final, lo encontró. Allí delante, un resplandor de luz tenue, una ventana. Al acercarse, un panel se deslizó dejando al descubierto un gran orificio circular por el que se introdujo. Una vez allí, Lara salió a la superficie del agua y trepó por unas escaleras hasta llegar a una brillante cámara blanca donde se desprendió de su equipo de buceo y se vistió con ropa seca.

Una voz la saludó por el intercomunicador: "Buenas noches, Lara. Es un placer volver a verte. Pero me temo que no se trata de una visita de cortesía".

"Necesito tu ayuda. Las cosas se ponen feas en mi ciudad últimamente y sospecho que es cosa de tú-ya-sabes-quién."

Se hizo un silencio.

"¿Estás segura?"

"Bueno, no del todo. Se trata más bien de una corazonada, pero es como si todo lo que está sucediendo llevara su firma. Gente que se comporta de un modo muy extraño, cosas que resultan justo al revés de lo que deberían ser. No sé, tengo la sensación de que algo importante va a ocurrir. Y ya sabes lo que me pasa con este tipo de presentimientos."

"Sí", dijo la voz. "Que se suelen cumplir."

Al cabo de un buen rato la puerta del cuarto de baño se abre. Adivina quién sale...

Gus.

No es propio de Gus pasar tanto tiempo en el baño. Mamá dice que Gus es alérgico a la limpieza. Para estar limpio hace falta agua y jabón. Pero Gus huele a limpio, ni siquiera apesta un poco a cabra.

Viernes

Esta mañana las cosas se han vuelto más extrañas y empiezo a sospechar algo. Para empezar, no encuentro mi cepillo del pelo. Ha desaparecido. Mamá ha comenzado a comportarse de

manera rara. Me ha dejado ver la tele mientras como los cereales con leche. Normalmente, si se lo pido, siempre dice NO-NO por miedo a que lo derrame todo, "y quitar las manchas de leche de la tapicería es un calvario".

Estoy encantada porque ponen unos dibujos animados divertidísimos, **el Perrito Lametón y la Rata Babosa**, sobre un perro estúpido y su amiga, una rata que babea. Qué idea tan buena, ojalá se me hubiera ocurrido a mí. Imagínate que yo me dedicara a eso. La gente de la televisión tiene muchas ideas buenas, se pasan el día pensando cosas. Imagínate que me pagaran por pensar, sería increíble. Me encantaría estar en el mundo de la televisión.

Yo tengo montones de ideas. Soy una especie de máquina de imaginar cosas.

Probablemente podría ganar muchillones a la semana con mis ideas.

Oigo cómo suena el teléfono y Mamá contesta: "¿Dígame? ¿Cómo? ¿Qué? ¡Oh, cielos! Voy ahora mismo para allá".

Entonces Mamá nos da una voz: "¡Ana, Manu! ¡Meteos rápido en el coche, que vais a llegar tarde al colegio!".

Yo protesto: "Pero Mamá, si son sólo las siete y media".

Ella replica: "Bien, imaginad la sorpresa que se va llevar la señorita Olga al veros llegar temprano un día. ¡Venga! ¡Tenéis un minuto para poneros el uniforme del colegio!".

Pregunto: "¿Pero qué pasa?".

Y ella no me resuelve nada: "Cariño, ahora no tengo tiempo de explicarte. ¡Date prisa!".

Es todo muy pero que muy extraño, ¿o no?

Llego al colegio a las ocho menos cuarto y no hay nadie excepto la empleada de la limpieza, que me da una galleta que ha sacado del almacenillo del celador.

Le pregunto sobre el misterioso incidente del otro día, cuando todo el mundo encontró los abrigos cambiados y me explica que don Jacinto tuvo que coger rápidamente toda la ropa cuando se inundó el cuarto de baño de chicos.

Me cuenta que todo quedó tan sucio que don Jacinto decidió hacer una limpieza general.

Me dice: "Don Jacinto incluso estuvo limpiando las vitrinas de los trofeos del colegio. Puedes estar segura de que han quedado más que relucientes".

Esperaba que el caso de los abrigos hubiera resultado más misterioso, pero supongo que está bien tener algún misterio ya solucionado.

Al verme, la señorita Olga me hace un comentario grosero de los suyos, qué bien que por un día llego a tiempo y qué pena que resulte incompatible con cepillarme el pelo.

Dice: "¡Ana Tarambana! Tienes el aspecto de haber escapado de un contenedor de basura".

Ojalá alguien tirara a la señorita Olga dentro de un contenedor de basura.

Es tan malvada como la señorita Felisa del libro de Lara. No me sorprendería que la escritora Patricia F. Montes se hubiera inspirado en la señorita Olga para su personaje de la pérfida señorita Felisa.

En clase están explicando sus trabajos para el concurso de muestras. Yo evito hablar del mío, porque quiero mantenerlo tan secreto como sea posible para evitar que me copie ya-sabes-quién y otras personas que podría mencionar.

Si Alba Blanco estuviera aquí, podría comentar con ella los detalles del trabajo.

Pero hoy tampoco ha venido al colegio.

Nadie sabe dónde está.

Vanesa García todavía no ha oído hablar de mi idea para el concurso porque no estaba en clase cuando la expliqué ayer.

El proyecto de Beatriz Olmedo le encanta a la señorita Olga. Ha elegido un libro sobre Australia titulado El Maravilloso Mundo de Oz. Va a hacer la muestra sobre los canguros y sus costumbres. Dice que se va a pasar el día en actitud de espera, como los canguros, para saber qué se siente. Andrés Robles va a hacer otro similar, sobre unos canguros más pequeños que se llaman wallabis.

Después de almorzar, vuelvo a tener más problemas con la señorita Olga. Dice que mi capacidad para deletrear una palabra de varias formas diferentes es admirable. Que sólo hay que sentarse a esperar y en algún momento daré con la combinación correcta, cuestión de probabilidad matemática. ¡Cómo echo de menos a mi antigua profesora, la señorita Clara! Era tan simpática... Siempre te animaba cuando veía que de verdad hacías un esfuerzo. En los tiempos actuales a una persona cuyo nombre empieza por O ya no le basta con que intentes hacerlo lo mejor posible.

Papá siempre dice que lo que tengo que hacer es procurar "no ponerme a tiro", o lo que es lo mismo, quitarme de en medio.

Lo que yo quiero saber es CÓMO puedo quitarme de en medio cuando todo el día tengo que estar en su clase, delante de ella.

Cómo me gustaría ser mayor. Aunque Papá dice que eso tampoco sirve, porque "Siempre hay alguien por encima de ti, fastidiando".

Dice que su jefe, el señor Roca, es un pesado insoportable y que intenta mantenerse alejado de él todo lo que puede.

Yo digo: "Ya, pero al menos a ti te pagan por aguantar a tu jefe. En cambio yo lo hago gratis".

No me puedo concentrar porque me imagino a la señorita Olga con forma de hipopótamo y escribo:

La señorita Olga es un ipopótamo

La señorita Olga es un ipopótamo

una y otra vez, sin darme cuenta.

De lo que no me doy cuenta es que la señorita
Olga está detrás de mí y lo está leyendo.
Dice: "¿Alguien puede decirle a Ana
Tarambana cómo se escribe la
palabra 'hipopótamo'?".
Roberto el Copiota
levanta la mano.
Parece un chiste,
porque es la última
persona que podría
escribir
correctamente la
palabra 'hipopótamo'.
Por suerte, en ese momento la señorita Marcia
entra en clase haciendo un sonoro clic-
clac al caminar. Parece una jirafa
con zapatos de tacón.
Dice: "Por favor, ¿podría
acompañarme Ana Tarambana a la
Secretaría? Su madre la está
esperando".

Todos me miran con envidia cuando me marcho, porque saben que deben ser asuntos importantes los que me obligan a estar ausente de la clase de la señorita Olga durante más de la mitad de la tarde.

Mamá atraviesa el patio de recreo caminando muy deprisa y tengo que ir casi corriendo para poder seguirla.

Cuando entro en el coche, Manu Chinche ya está ahí, hablando solo como un tonto. Mamá dice: "Siento haberte sacado de clase antes de la hora, cariño, pero es que no sabes qué día he tenido. No va a haber nadie en casa más tarde, así que por eso he venido a buscarte". Mamá añade: "Cuando no es por una cosa, es por otra. Y es que cuando no hay sequía, el río se desborda". Yo pregunto: "¿Y dónde está el abuelo?".

Mamá dice: "Tu abuelo se ha metido en un buen lío".

Resulta que al abuelo le han prohibido visitar a su mejor amigo, Alberto Tello, en el Centro Saviafresca, la residencia de ancianos donde vive. Y al señor Tello ése podría ser que le invitaran a abandonar el centro, por no ser capaz de comportarse como un ciudadano responsable, maduro y no respetar las normas de convivencia más elementales.

Hasta hace una semana, vivía en su propio piso con un perrito pequinés y otro alsaciano, pero casi todo el mundo opinaba que no se las apañaba bien para subir y bajar las escaleras, y por una razón u otra, debía ser trasladado a una residencia para personas mayores, donde estuviera debidamente atendido.

Era

por su propio bien.

Alberto dijo que no le importaba mudarse y que no le parecía mal eso de que alguien le preparara las comidas. Antes se alimentaba de pan con queso y a veces sólo de queso.

Pero había un ligero problema, y es que el reglamento del Centro Saviafresca no admite perros, ni tampoco gatos.

Eso sí, te permiten tener un periquito.

Mamá dice: "Todo el mundo creía que Alberto le había dejado los perros a la señora Martínez".

Pero no. Resulta que el abuelo tenía a Ros escondido en el cobertizo del jardín y al pequinés Cuquín en su habitación. Y los ha llevado cada noche a Saviafresca para que estuvieran con su amo. Y todas las mañanas, temprano, los recogía y los traía de nuevo a casa.

Por desgracia, Cuquín se escapó y lo han encontrado masticando lo que quedaba de Oliver, el periquito de la señora Cano.

La señora Martínez va a poner una denuncia contra Alberto y el abuelo.

Y a Mamá le toca arreglar los trastos rotos.

Tenemos que permanecer en el pasillo mientras Mamá soluciona los problemas de Alberto y le busca una residencia donde pueda tener sus perros.

Claro que esto es muy fácil decirlo.

Alberto no tiene familia, excepto un hijo que se marchó hace muchos años a Alaska.

Mamá dice que hace falta que alguien acuda al rescate.

Manu Chinche se pasa

casi una hora jugando a los cochecitos sobre la alfombra con un rollo de papel higiénico.

Menos mal que llevo mi libro conmigo.

Lara Guevara llegó a casa después de un largo y duro día en el colegio. Se quitó los zapatos sin usar las manos y los lanzó a un rincón, antes de subir por las escaleras a la cocina.

Allí estaba Sabina Guevara, ocupada con lo que fuera que estuviera haciendo, y Francis Guevara, que leía la sección de deportes del periódico.

El bueno de Pérez preparaba sofisticados cócteles de frutas. Atrajo la atención de Lara y señaló con el dedo su reloj. Lara asintió con la cabeza.

Quedaba poco tiempo. Ella y Pérez tenían que estar en el cuartel general a las cinco.

"Mamá, Papá, me voy a hacer los deberes".

"Muy bien hija", dijo su madre, "Me alegro de que te preocupes de tus estudios. ¿Qué os están explicando estos días?".

"Oh, bueno, cosas, ya sabes", respondió Lara evasivamente.

Por suerte sonó el teléfono y Sabina se lió en una conversación para ir a buscar flores con su amiga, la señora Pradera.

"¡Rápido, Lara!", susurró Pérez. "Casi no queda tiempo, te tengo que llevar al Cuartel General antes de...".

"Lara, cariño", llamó Francis. Pero Lara corría ya camino de su habitación.

"Luego te veo, Papá. Ahora tengo que hacer los deberes."

Su padre continuó: "¡Pero Lara! Sólo quería decirte que a tu madre y a mí nos gustaría que nos acompañaras a cenar esta noche, porque vienen Alfredo y Mari Carmen y su hijo Luisito. La cena es a las ocho. ¡Ah! Y ponte guapa".

Lara suspiró, "¡Oh, no!".

Iba a ser complicado volver a tiempo. Y una pesadez aguantar a Luisito.

El señor y la señora Guevara nada saben de la faceta oculta de Pérez como ayudante de agentes secretos. No sospechan que la profesión de mayordomo es tan sólo una tapadera.

Regresamos a casa y Gus ha preparado la cena para todos.

No le ha salido mal.
Pero no se me escapa
que ha estado utilizando
mi cepillo para el pelo.
¡Él no tiene cepillo para el
pelo, así que apuesto a que
me ha usado el mío, el
muy mangante!
Estoy muy concentrada
pensando en ello y casi no
veo la carta que hay sobre la
mesa. Es para mí, mi nombre
está escrito en el sobre.

Lo abro y dentro hay una postal de Patricia F. Montes vestida con un elegante traje con pantalones. Es la misma foto que aparece en todos los libros de la Colección Lara Guevara.

La carta dice:

Queridas Alba y Anna,

Muchas gracias por vuestra amable carta. En contestación a vuestras preguntas os diré que el siguiente libro de aventuras de Lara Guevara se publicará el próximo otoño.
Todavía no se sabe cuál será su título.

Patricia F. Montes os desea que continuéis disfrutando con la lectura de sus libros.

Cordialmente,

Patricia F. Montes
Autora de la Colección Lara Guevara.

(Podéis consultar detalles del club de fans en la página web de Lara Guevara)

Esperaba una carta mucho más esclarecedora. Desde luego, nada parecido a esto. Es más no creo siquiera que la haya escrito Patricia F. Montes en persona. Me he dado cuenta de que mi nombre aparece con dos enes y Patricia F. Montes no comete ese tipo de errores.

Cuando Papá escucha todo lo que le ha sucedido hoy a Mamá dice: "Parece que el abuelo vive en un hotel para perros". Y a Mamá no le hace ninguna gracia el chiste.

Dispongo de todo el fin de semana para concentrarme en averiguar qué le ha pasado a mi amiga Alba Blanco.

Lo primero que hago es levantarme el sábado a las siete de la mañana, con la idea de que ha podido suceder lo peor.

Se me ocurre que tal vez Juancho y Tere hayan enviado a Alba a un internado, porque he leído en algunos libros que algunos padres hacen esto cuando se hartan de sus hijos. Pero Juancho y Tere están encantados con Alba y se la llevan siempre a todas partes.

Además, Juancho y Tere también han desaparecido. Y nadie responde el teléfono en su casa. Ni siquiera responde el contestador automático.

Puede ser que los Blanco estén huyendo de la policía. O que Juancho haya creado un invento y que algún malvado esté intentando robarlo y ellos hayan tenido que escapar y esconderse.

Como en el libro ¡CORRE, LARA, CORRE!

O tal vez hayan sido capturados y si no revelan la fórmula secreta los arrojarán a un volcán lleno de lava burbujeante, como en el libro de Lara Guevara ¿DÓNDE TE HAS METIDO, LARA GUEVARA?

En esta historia es el mejor amigo de Lara, Rubén Ríos, quien se encarga de resolver el enigma de la desaparición de Lara y de seguir todas las pistas. A Rubén Ríos le toca a menudo este papel.

Incluso en el libro LAS REGLAS DE LARA GUEVARA, hay un pasaje en el que Lara parece haber desaparecido, pero no hay que preocuparse. Es parte de su otra vida como agente secreto.

Rubén Ríos trató de recordar todo lo que Lara le había dicho durante su conversación telefónica de la noche anterior. Fue el último contacto que tuvo con ella. ¿Intentaba Lara decirle algo?

Puede que hubiera sido capturada por algún supervillano y estuviera tratando de comunicar a Rubén su paradero en algún tipo de clave.

Pensándolo bien, a Rubén le pareció extraño que le dijera que estaba comiendo pastel de tapioca en China. Lara Guevara odiaba el pastel de tapioca, eso lo sabía todo el mundo. ¿Y qué estaba haciendo en China?

En la historia, Rubén Ríos establece una rápida relación lógica y deduce que tapioca significa

MALAS NOTICIAS (porque la tapioca es una mala noticia si no te gusta). La palabra "en" está claro que significa "en". Y la palabra "China" sin duda quiere decir

Casa Hoy I Necesito Ayuda.

Por tanto, el mensaje completo dice:

…MALAS NOTICIAS. EN CASA. HOY. ¡Y NECESITO AYUDA!

Qué ingenioso. Cuánto me gustaría saber descifrar claves.

Por fin consigo una buena pista al bajar las escaleras. Estaba en el buzón. Es una postal con una foto de un paisaje de montañas y bosques. En primer plano se ve a un hombre sonriente con una especie de casaca roja y un sombrero de boy-scout, montado en un caballo blanco. Están escritas las palabras

Te echo de menos

La postal tiene una esquina rota y no se puede leer quién la envía.

Por supuesto que podría ser de Alba, porque hay

una A y la letra es igual que la de Alba. Podría ser
que esté intentando decirme algo, pero

¿Qué?

Corro a enseñarle a Mamá
la postal, pero está ocupada
conversando con Gus.
Podría parecer una cosa
normal, pero si conocieras
a Gus entonces sabrías que no
es amigo de conversaciones.

El
domingo

voy a ver a mi amiga
Alexandra Bustamante.
Mientras se come una pizza,
me cuenta lo que pasó el otro día
en el colegio después de que yo
tuviera que ausentarme debido
a un asunto urgente.

Resulta que Carlitos Terremoto y Pepe Guasón le dijeron a la señorita Olga que el libro sobre el que van a hacer su trabajo es el diccionario.

Y la señorita Olga les dijo algo así como "¡Qué idea más original!".

Y Pepe guasón dijo: "Vamos a escribir muchas palabras en tamaño gigante y las vamos a colgar en la galería".

Y la señorita Olga les dijo: "Bien, Carlitos Terremoto y Pepe Guasón. Por una vez apruebo vuestro proyecto".

Lástima que tuvo que cambiar de opinión cuando vio cuáles eran las palabras que habían escogido.

Se enfadó muchísimo y dijo: "Bien, ya que os gustan mucho las palabras, tengo exactamente lo que os conviene a vosotros dos".

Los tuvo escribiendo durante el recreo la frase:

No soy listo ni importante.

Una y otra vez, varios cientos de veces.

La señorita Olga dijo: "Estos dos no pueden estar juntos, porque no son capaces de comportarse como chicos formales y maduros. Y uno siempre anda provocando al otro, de manera que se pasan todo el tiempo haciendo el idiota".

Dijo: "Si no pueden portarse como chicos cabales y decentes, mal asunto, porque no serán tratados como chicos cabales y decentes".

Y todavía añadió: "¡No pienso soportarlo! ¡No voy a permitirlo!".

Lunes

Me había parecido todo muy gracioso, hasta que hoy la señorita Olga ha dicho: "Ya que Alba Blanco no se ha molestado en venir a clase durante los días pasados, que Ana Tarambana haga pareja con Carlitos Terremoto".

Ni decir que me ha dejado totaaalmente sin habla. Por si esto fuera poco, cuando cierta persona cuyo nombre empieza con V y que se llama Vanesa García se ha enterado de que la señorita Olga me deja hacer el trabajo sobre Lara Guevara, ha dicho que ella también quiere y que además ella lo había pensado primero y que soy yo quien la está copiando.

Entonces la señorita Olga ha dicho: "De eso nada, monada".

Y ha dicho también: "Me parece que nadie va a hacer la exposición sobre ese tipo de tonterías".

Me parece que la señorita Olga está empezando a ser muy crítica con mi idea.

Dice: "La Colección Lara Guevara no es un buen ejemplo de la literatura actual".

¿¿¿Cómo se atreve a insinuar eso???

Yo digo que una de mis ideas es hacer chapas con las frases típicas de Lara, porque tiene expresiones muy suyas que quedarían bien en las chapas y la gente las podría llevar.

Pero la señorita Olga considera que Lara Guevara utiliza expresiones vulgares y que es un lenguaje inapropiado para chicas. Me dice: "Esos libros hacen que las jovencitas se embrutezcan y preferiría que escogieras algún otro tema...

¿Qué tal el ballet clásico?"

Me dice: "En fin, si insistes en hacer tu trabajo sobre Lara Guevara, será mejor que vayas a hablar con don Braulio, a ver si te hace entrar en razón".

Y don Braulio, el Jefe de Estudios, me dice: "Me parece bien que hagas tu trabajo sobre un libro de Lara Guevara, es importante que disfrutes con la lectura. Tienes mi apoyo. Aunque el concurso consiste en confeccionar una muestra relacionada con un libro del que hayas aprendido algo. Sólo podrás ganar el premio y la copa de plata si le demuestras a todos qué es lo que has aprendido".

Don Braulio dice que está deseando ver cómo me las arreglo. Dice que le ha comprado libros de Lara Guevara a su sobrina y que le gustaría tener tiempo para leerlos él también, porque tienen pinta de ser muy interesantes.

Y yo digo:

"Lo son".

Y cuando salgo del despacho de don Braulio, ahí está Vanesa García con una sonrisa burlona. Me dice algo así como: "¡Copiona!".

Y yo le contesto:

"Tú eres quien me está copiando y lo sabes".

Y ella me dice: "¡Mentirosa!"

Y yo le digo: "¡Culogordo!"

Vanesa García es mi archienemiga. Es la persona que peor me cae de todo el colegio, después de la señorita Olga.

Se comporta como una sabelotodo y siempre me está molestando con sus insultos y además es una falsa.

Una vez invitó a Alba Blanco a su fiesta de cumpleaños sobre patines, sin decirme nada a mí.

Y ni siquiera es amiga de Alba Blanco.

Alba dijo: "Lo siento, Vanesa, pero he quedado con Ana Tarambana, que es mi mejor amiga".

Mamá me dice que

"vas a tropezarte con mucha gente como Vanesa García a lo largo de tu vida... Recuerdo que había en el cole una chica muy mala que se llamaba Clara Montenegro y me hacía la vida imposible. Se dedicaba a poner chicle en mis zapatillas de gimnasia y luego iba diciendo que yo tenía pulgas".

Mamá dice que con ese tipo de niñas lo único que se puede hacer es tenerles lástima y no hacerles caso.

Es patético que disfruten tanto provocando el rechazo de los demás.

Pero es que no puedo sentir pena por Vanesa García, porque

es tan odiosa.

Mamá me dice que me desahogue pintándola como

una **babosa**.

Cuando vuelvo a la clase me esfuerzo por pensar en cuál va a ser la parte instructiva de mi trabajo para el concurso.

Estoy segura de que en los libros de Lara Guevara hay mucho de lo que aprender. Tiene que ser así, porque hablan de una persona muy inteligente y están escritos por una persona muy inteligente.

Y por tanto, yo tengo que haber aprendido algo, pero ¿Qué?

Durante el recreo, leo otro fragmento de LAS REGLAS DE LARA GUEVARA, por si puedo aprender algo rápidamente.

Lara Guevara dobló la esquina y vio a su rival Ramona Repelús, que hablaba con su amiga Gema Cristal junto a los surtidores de agua.

Hablaban sobre las elecciones para delegado de la clase y acerca de quién saldría elegido en la votación.

"Me tiene sin cuidado si esa Lara Guevara se presenta y si gana o si pierde", dijo Ramona.

Y su amiga Gema le dio una palmadita de ánimo en la espalda, mientras le respondía: "Seguro que ganas tú, Ramona".

"¡Uf, qué mal huele! Pero si está aquí Lara Guevara", dijo Ramona con voz gutural.

Pero Lara también sabía contestar. Dijo:

"Ramona, ¿Qué es esa porquería que llevas pegada en la cara? ¡Ah, no, perdón, es la nariz!".

Después del cole, viene Carlitos Terremoto y me dice que no quiere hacer el trabajo sobre un **estúpido** libro para niñas **estúpidas** y sobre una niña **estúpida,** porque le parece **estúpido y aburrido**.

Y yo le contesto: "¿Ah, sí?

¿Así que es estúpido ser un agente secreto de incógnito y rescatar a la gente empleando tu inteligencia y recursos con tecnologías avanzadísimas?

Y claro, supongo que además te resulta aburrido derrotar a los supermalechores y volar en un helicóptero de color púrpura, sobre todo cuando vas al cole montado en una triste bicicletita y no en una limusina equipada con televisión de plasma para ver los dibujos animados".

Y sigo: "Para que lo sepas, en Hollywood van a hacer una película de Lara Guevara".

Creo que le he impresionado.

Después le hablo del asqueroso archivillano

Dédalus. Y le cuento cómo el malvado Conde Von Vizconde intenta tirar a Lara Guevara y a Rubén Ríos por el cráter de un volcán, y entonces es cuando Pérez el mayordomo llega justo a tiempo para salvarlos.

Carlitos Terremoto pone cara de interés.

Dice que lo del rescate no le parece muy allá, pero que el resto está muy bien.

Le presto uno de mis libros de Lara, el que se titula ¿DÓNDE TE HAS METIDO, LARA GUEVARA?

Me tiene que prometer que no va a permitir que su perro lo muerda.

Entonces le enseño a Carlitos la postal del jinete sonriente con casaca roja y sombrero de boy-scout, la que intuyo que me ha enviado Alba Blanco, y él opina que probablemente haya sido secuestrada por extraterrestres que quieren conquistar el mundo.

Justo lo que yo estaba empezando a sospechar.

Así que cuando llego a casa llamo a la abuela y me hace describirle la postal por teléfono.

Durante unos segundos no dice nada y luego se oye un extraño sonido.

Entonces la abuela dice: "Perdona, es que me acabo de atragantar con un caramelo de menta. Más tarde te llamo".

Y cuando lo hace, dice: "Me parece que tu amiga Alba Blanco se encuentra en Canadá".

El **martes** Vanesa García y Ester Moreno dicen que van a hacer su trabajo para el concurso sobre la historia del ballet. Han escogido un libro titulado La danza mágica.

La señorita Olga está la mar de contenta. Es justo el tipo de libro que le gusta.

Dice: "Bien, chicas, estoy interesadísima en el trabajo que habéis elegido, porque resulta que me vuelve loca el ballet".

Vanesa García me mira con una sonrisa cínica que me revuelve las tripas.

La señorita Olga le dice a Pepe Guasón que tiene que unirse a ese grupo.

Pepe no parece muy contento.

Más tarde se lo cuento todo a la abuela y ella me dice: "Está claro que Vanesa García está dispuesta a todo con tal de ganar el concurso".

Parece mentira, pero resulta que Carlitos Terremoto tiene varias ideas estupendas.

Dice que está trabajando en su casa en algo que nos va a hacer ganar el concurso y que nuestros nombres van a estar grabados en la copa de plata, expuestos donde todo el mundo pueda verlos, incluida Vanesa García.

Pepe Guasón le incordia para bajarle la moral. Le dice: "¡Ja, ja! ¡Vas a hacer el trabajo sobre un libro para niñas!".

Y él contesta: "Bueno ¿Y qué? Tú vas a hacer el trabajo sobre ballet".

Entonces Pepe Guasón se retira cabizbajo hacia su pupitre.

Le digo a Carlitos que venga conmigo después de clase, pero me contesta que no puede, está ocupadísimo preparando una escena del libro de Lara Guevara, pero que volverá dentro de una hora y pico. Se ha tomado el trabajo muy en serio.

Está haciendo una maqueta del volcán en el que el villano Conde Von Vizconde quiere arrojar a Lara Guevara y a Rubén Ríos, cuando el muy malvado dice: "¡Hasta nunca, so pelmazos!" y profiere siniestras y sonoras carcajadas.

Carlitos va a grabar una risa siniestra en una cinta para reproducirla una y otra vez.

Necesita encontrar a alguien que ría así y grabarlo. No es tan fácil como parece.

Dice que Lara Guevara no resulta tan aburrida, para tratarse de libros para niñas.

Yo digo: "No son libros para niñas. Son para todo el mundo. Incluso don Braulio quiere leerlos".

Más tarde, en casa, Carlitos resulta increíblemente divertido. Puede hacer que sus ojos miren en diferentes direcciones al mismo tiempo. Dice que se lo puede enseñar a hacer a Manu Chinche si él

quiere. También es capaz de sorber naranjada con
una pajita por un agujero de la nariz.

Se lo cuento a Mamá y a ella le parece algo
extraordinario, aunque considera que no se debe
hacer en la mesa.

Insisto: "Tendrías que verlo, Mamá.
¡Es increíble!".

Y ella me repite que en efecto es sorprendente y
espectacular, pero que no tiene ninguna
necesidad de contemplar cómo Carlitos sorbe
la naranjada por la nariz.

Carlitos dice que cuando sea mayor piensa
dejarse barba y tener por lo menos
media docena de
perros.

Cuando se
marcha Carlitos,
pienso que sería
estupendo que
regresara Alba
Blanco.

A ella le gustaría Carlitos. Seguro.

Alba y yo tenemos los mismos gustos.

Si mis padres fueran ricos y tuviéramos un mayordomo que supiera pilotar helicópteros, volaría hasta Canadá para traerme a Alba de vuelta.

El padre de Lara, Francis Guevara, es muy rico, porque es multimillonario. Y su mujer, Sabina Guevara, es una señora que se dedica a ir a las reuniones con sus amigas.

Va a la peluquería y le hacen la manicura en un salón de belleza y luego se junta con sus amigas a la hora de comer y dice cosas como: "Oh, querida, qué divinamente bien te conservas" y luego vuelve a casa para cambiarse de ropa y ponerse un vestido especial para cenar y se va a cenar fuera. Eso es todo lo que hace.

Yo digo: "Mamá, ¿Tú no tienes un vestido especial para cenar?".

Ella contesta: "Claro que sí. Y se llama vestido de gala. Y ahora, señorita Elegancias, hazme el favor de tragarte las judías de una vez".

Mi vida no se parece en nada a la de Lara
Guevara.

El miércoles Carlitos y yo trabajamos en el
proyecto. Nos va a salir de miedo. Estoy segura.
Pepe Guasón pide permiso a la señorita Olga para
unirse a nuestro equipo, promete que se
comportará de manera seria y responsable.
Y la señorita Olga le dice: "Ni lo sueñes, Pepe
Guasón". Y se ríe.
No me gusta cuando la señorita Olga se ríe, me
crispa los nervios.
A Carlitos se le ocurre que podemos preparar
montones de objetos trucados como los de Lara,
sólo tenemos que pedirle a Papá su maquinilla
eléctrica de afeitar y a Mamá la olla a presión, la
tostadora y algunos otros cacharros,
para que Carlitos los reconvierta en aparatos
emisores de rayos, radiotransmisores,
comunicadores de bolsillo y demás dispositivos
con tecnología sofisticada.

Yo no sé cómo Carlitos puede hacer todo esto, porque yo no tengo ni idea de esas cosas. Por lo visto, su padre solía ayudarle antes de que un día se tuviera que ir a no sé dónde.

Y luego ya no volvió.

Pero antes de que eso sucediera hacían juntos muchas cosas divertidas.

Ahora Carlitos trabaja él solo, en el cobertizo.

Qué suerte que Carlitos sea tan listo, porque Mamá anda demasiado ocupada en el Centro de Mayores y no puede echarnos una mano.

Dice que todo el mundo debería buscarse la vida por sí mismo y cosas así, porque todavía está intentando encontrar una residencia para Alberto Tello, el amigo del abuelo.

Sé que es importante, pero también es importante mi rebeca sucia de mermelada, que necesita un lavado.

Mamá dice: "Dile al abuelo que te enseñe a poner la lavadora".

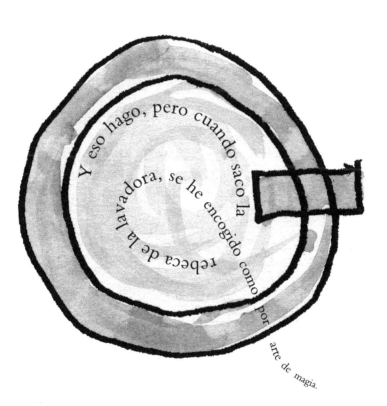

Y eso hago, pero cuando saco la rebeca de la lavadora, se he encogido como por arte de magia.

Está claro que los electrodomésticos no son la especialidad del abuelo. Ni ninguna otra cosa que tenga tecnología o circuitos electrónicos.

Antiguamente, lavar significaba una pastilla de jabón y dos manos frotando.

Tengo que limpiar el lavabo, es una de mis tareas en casa.

¿Se imagina alguien a Lara Guevara limpiando el lavabo?

Pues claro que NO, porque ella tiene a la señora Merceditas que le hace todos los trabajos domésticos.

Lara Guevara está demasiado ocupada resolviendo crímenes como para entretenerse en limpiar lavabos.

Mamá dice que si protesto me hará limpiar el retrete.

Estoy pensando en llamar al Defensor del Niño.

La diferencia entre mis padres y los de Lara es que
 a Lara su padre y su madre le dan
        todo lo que quiere,
                cualquier antojo,
        y mis padres a mí
        no.

Cuando acabo de hacer la limpieza, subo a mi habitación.

Intento estar sola para poder pensar y buscar la respuesta a varias cuestiones importantes.

Pero llega el pequeño mocoso, Manu Chinche, molestando como siempre y diciendo tonterías.

Una ventaja de ser hija única como Alba es que tienes tu habitación para ti sola, sin tener que soportar monicacos que vengan a incordiarte.

También tendría mucho más dinero y podría comprarme dispositivos como el nuevo reloj detector de mentiras sumergible de Lara Guevara, que cuesta nada menos que 39,99 euros.

Puedes hacer que alguien se lo ponga en la

muñeca y saber cuándo miente, porque entonces se le acelera el pulso y el reloj da pitidos.

Alba dice que puede fallar si ese alguien ha estado corriendo, porque entonces también tienes el pulso alterado. Entonces hay que cuestionarse: "¿Ha estado corriendo o es que miente, o tal vez también sea mentira que ha estado corriendo?".

Pero ¿cómo saberlo?

Además, Alba dice que ha comprobado que al reloj le entra agua en la esfera si lo sumerges.

De todas maneras, es precioso, con un retrato de Lara en el centro y las manecillas como si le salieran por la nariz.

Y la aguja del segundero es una

mosca.

La otra cuestión que me preocupa es Alba.

Podría ser que esté en Canadá de vacaciones y no secuestrada por los extraterrestres. Pero si es así, ¿por qué no me dijo nada?

Lara Guevara estaba sentada en la azotea, en su sillón especial para meditar.

La señora Merceditas le había preparado un zumo con dosis extra de supervitaminas para que su cerebro funcionara más deprisa. Mientras daba sorbos, contemplaba su nuevo dispositivo especial. Se lo había proporcionado Control la última vez que fue convocada en el Cuartel General.

Resultó ser un invento muy interesante, una especie de mochila muy compacta, que se despliega formando un par de alas lo bastante resistentes como para sostener en el aire a una niña de once años. Era un prototipo muy novedoso, directamente salido del Laboratorio.

Así, si Lara se veía atrapada en un lugar elevado, por ejemplo, la azotea de un edificio, era tan fácil como saltar al vacío y planear suavemente hasta tocar tierra.

Quién sabe cuándo lo iba a necesitar.

En el cole, el **jueVes**, casi no lo puedo creer...

¿Adivina quién ha aparecido como por arte de magia? ¡Es Alba Blanco y trae puesto un gorro con orejeras! Dice que ha estado en Canadá porque su madre-Llámame-Tere tenía que asistir allí a la presentación de un libro y, en el último instante, Juancho y Tere pensaron "¿Y por qué no nos llevamos a Alba?".

Alba dijo que no suele haber muchas ocasiones de visitar Canadá y, por eso, si alguien te pregunta si te apetece ir allí,

tienes que contestar

inmediatamente

que **SÍ**.

Estoy deseando contarle a Alba lo del trabajo para el concurso de muestras.

Le digo: "Adivina sobre qué libro vamos a hacer nuestro trabajo".

Sin esperar a que me responda, le digo: "¡La superagente Lara Guevara!".

Alba dice que es una idea estupenda.

Y por supuesto, tiene razón.

Alba dice que todo el mundo está leyendo las aventuras de Lara Guevara en Canadá también, aunque allí le han puesto un nombre más autóctono.

Y entonces Alba me dice:

"No te lo vas a creer. ¿A que no sabes a quién he conocido en Canadá?

¡A Patricia F. Montes en persona!".

Y tiene razón, no me lo puedo creer.

Entonces Alba me enseña una fotografía en la que aparecen ella y Patricia F. Montes.

Así que es cierto.

En la foto, Patricia F. Montes parece muy distinta del retrato de la contraportada de sus libros.

Está mucho más mayor, y no lleva su elegante traje con pantalones. También parece mucho más bajita. Y Alba dice: "Sí, resulta un poco extraño". Alba me dice que tengo que ir a su casa a merendar, porque me ha traído un regalo de Canadá.

Me muero de impaciencia. De pronto, recuerdo que he quedado con Carlitos para trabajar en el proyecto.

Cuando se lo digo a Alba, me pregunta:

"¿Y por qué estás de pareja con Carlitos Terremoto? Se supone que tú y yo hacemos pareja".

Entonces le cuento que no es cosa mía, sino de la señorita Olga, y que yo no quería, pero ahora resulta que Carlitos tiene un montón de ideas buenas y que también sabe ser agradable. Era difícil de imaginar.

"Pero Carlitos Terremoto es un estúpido y lo va a echar todo a perder".

Yo digo: "Pues se ha inventado unos dispositivos asombrosos.

De verás.

Y pienso que de verdad te

va a gustar.

Es muy gracioso y puede
sorber naranjada por un agujero de la nariz".

Y entonces Alba dice:

"Pues muy bien.
Si tanto te gusta Carlitos Terremoto,
puedes irte con él a hacer tu estúpido
trabajo sobre la estúpida de Lara".

No me puedo creer que haya dicho eso.
Alba Blanco nunca llamaría estúpida a Lara
Guevara.

Yo digo:
"Bueno, tú fuiste la que me dejó
plantada
y ni siquiera te molestaste en avisar de
que te ibas".

Y ella me dice:
"Pues claro que te avisé.
¡Te dejé dos mensajes!
¡Y uno de ellos fue
por teléfono desde
Canadá!".

Y yo grito:
"¿Ah, sí?
¿Y cómo es que yo
no me he enterado?".

Y ella grita:
"Pregúntale a tu hermano Gus
y a tu abuelo, porque si
te digo que te he dejado mensajes
es porque
es verdad.
¡Y te envié una postal de un
policía montado del Canadá!
¡No tenía que haberme
molestado!".

Y la señorita Olga también grita:
"¡Vosotras dos haced el favor de bajar la voz!
¡No tolero que nadie
grite
en mi clase!".

Y me dan ganas de decirle que ella también está
gritando, pero decido que es mejor no hacerlo.

Alba no me va a volver a hablar en la vida.

Nunca habíamos tenido ni la más mínima discusión.

Excepto aquella vez que por equivocación me comí los donuts de su merienda.

No me lo puedo creer.

Es la cosa más horrible que me ha ocurrido en la vida.

Vuelvo a casa yo sola, envuelta en una nube de tristeza.

Pienso que por fin se confirma que la postal era de Alba, tal y como yo había sospechado. Y que el mensaje que se estaba comiendo nuestro perro Cemento seguramente lo había escrito ella. Y el recado que el abuelo no había podido escuchar con claridad era en efecto Alba desde Canadá, avisando que iba a permanecer allí unos días.

Es decir, que tiene razón.

Ella trató de avisarme.

Para animarme un poco, intento leer LAS REGLAS DE LARA GUEVARA, pero no puedo quitarme de encima esta horrible sensación.

"¡Cielos, Lara! ¿Qué ha pasado aquí?"

Lara Guevara y Rubén Ríos contemplaban lo que quedaba del estudio del señor Ríos.

La caja fuerte había sido forzada y todos los importantísimos documentos secretos que guardaba habían desaparecido.

"Da la impresión de que os han robado", suspiró Lara. "¿Encontraron lo que buscaban?"

"No importa lo que se hayan llevado, pero ¿qué crees que es esto?"

Rubén Ríos no daba crédito a sus ojos. No sabía qué pensar.

Con una mano sujetaba una chaqueta, mostrándosela a Lara. No se trataba de una chaqueta vieja, sino de la elegante chaqueta que David Trisbal llevaba puesta siempre en la serie "La comisaría loca".

"David Trisbal no ha podido hacer esto ¿Verdad, Lara? Quiero decir que él nunca habría hecho algo así ¿Verdad?"

"No, Rubén, creo que no. Hay algo raro en todo esto ¿Sabes lo que quiero decir? Aquí huele a gato encerrado. Te apuesto cien batidos de melocotón a que todo esto es un montaje. Alguien quiere culpar a David Trisbal. No me huele nada bien."

El **Viernes** la señorita Olga tiene cara de estar muy disgustada y dice que hasta aquí podían llegar las cosas.
Dice que esta vez sí que se trata de un asunto serio.
Me pregunto qué querrá contarnos y también cómo se las arregla para poner los ojos tan pequeños y brillantes.
Pienso que casi podría ser el malvado Conde Von

Vizconde disfrazado. Tienen la misma expresión
en las cejas, estoy segura...

Recuerdo esa escena del libro UN DÍA EN LA VIDA
DE LARA GUEVARA, cuando Lara asiste a una
importante fiesta del embajador y ve que en la
sala hay una pobre ancianita indefensa.

De pronto, Lara tiene una corazonada,
se abalanza sobre la ancianita y de
un tirón le arranca la máscara de la cara.
Resulta que era el malvado
 Conde Von Vizconde disfrazado.

Está furioso por haber sido descubierto y
su expresión de ira es la misma que la
de la señorita Olga, qué risa...

"¡Ana Tarambana!
Tenías cara de divertirte. ¿Te
importaría contarnos en qué estabas
pensando?"

Está claro que no puedo decirle a la
señorita Olga que sus cejas son como
las de un malvado conde descendiente

de una saga de vampiros. Así que me callo y miro al suelo con cara de estar avergonzada.

La señorita Olga dice: "Ana Tarambana, ya no te lo voy a decir más veces. Si no te molestas en escuchar lo que digo, entonces vas a tener que escuchar a don Braulio".

Tengo que esperar en la puerta del despacho de don Braulio más de 20 minutos.

Estoy empezando a entender lo que siente Carlitos Terremoto.

Me quedo contemplando un cartel que dice:

PELIGROS EN EL HOGAR

Y tiene un dibujo de una señora que intenta cambiar una bombilla subida en una banqueta desvencijada, mientras se distrae con su bebé, que a su vez está jugando con unas tijeras. Carlitos Terremoto tiene que haber pasado horas mirando este cartel, tiene que sabérselo de memoria. Por fin, asoma la señorita Marcia, la secretaria, y me dice: "Don Braulio tiene asuntos importantes y está muy ocupado. No va a poder atenderte".

Así que me vuelvo a clase.

Lo que ha alterado tanto a la señorita Olga es que "Alguien –y estoy prácticamente segura de quién ha sido– ha tenido la feliz idea de robar la copa de plata de la vitrina de los trofeos del colegio".

¡Automáticamente mandan a su casa a Carlitos Terremoto!

La señorita Olga piensa que ha tenido que ser él porque, para qué andar con rodeos… siempre es él. Además, se le ha visto merodear cerca de la vitrina de los trofeos.

Y ahora la copa ya no está y no hay que ser un genio para imaginar lo sucedido.

Carlitos ha sido descalificado del concurso, porque su conducta de gamberro ya resulta intolerable.

Estoy que no me llega la camisa al cuerpo, porque lo mismo les da por descalificarme a mí también. Además, he perdido a dos miembros del equipo.

Si no ando con cuidado, puedo terminar de pareja con Pepe Guasón.

Paso el **fin de semana** totaaalmente deprimida, porque mi mejor amiga, Alba Blanco, ha dejado de ser mi mejor amiga. Cuando voy a ver a Carlitos Terremoto a su casa, me dice que no se va a molestar en terminar el trabajo sobre Lara Guevara porque le han descalificado.

Carlitos dice:

"No es justo, porque yo no he sido".

Yo digo:

"¿De verdad?"

Y contesta: "¿Para qué iba yo a robar la copa de plata, cuando estaba seguro de que iba a ganarla?".

La verdad es que es un buen argumento.

Otro punto es que él nunca niega sus fechorías, porque está orgulloso de su conducta. Por tanto, él no puede ser el culpable. Lo que está claro es que mis esperanzas de ganar se esfuman.

No puedo contar con las chapas de Lara, y yo que pensaba que iban a ser un gran éxito.

En fin, las chapas con frases de Lara han quedado descartadas. Sólo tengo un modelo de volcán a medio construir. Y por si fuera poco, no veo qué enfoque didáctico se le puede dar al proyecto. Estoy pensando en abandonar.

Cuando vuelvo a casa, llamo a la abuela por teléfono. Le cuento lo de la desaparición de la copa de plata y que a mí me parece que no ha podido ser Carlitos Terremoto. Le digo que Carlitos se encuentra en una situación difícil por un delito que no ha cometido

y todo me parece

absoluuutamente disparatado

y

espantoooosamente sospechoso.

Le digo: "Abuela, esto no tiene sentido".

Que es exactamente lo que diría Lara Guevara si tuviera que resolver este misterio.

Y la abuela dice: "Si no ha sido Carlitos, entonces ha tenido que ser otra persona. Lo que hay que preguntarse, por tanto, es ¿quién ha sido?".

Y yo digo: "Si, claro, pero ¿cómo saberlo?".

Y la abuela dice: "¡Julita Olivares!".

Y yo digo: "¿Quién es Julita Olivares? No hay nadie en el colegio que se llame así".

Y la abuela dice: "No, no. Quiero decir que había quedado con mi amiga Julita para jugar a las cartas. Me tengo que ir, porque llego tarde. Pero creo que puedes resolver el misterio".

Y yo digo:

"¿Pero cómo?
**No soy
investigadora profesional**."

La abuela dice:

"Tienes que haber aprendido algo sobre cómo resolver misterios en todos esos libros de la superdetective Lara Guevara. Mantenme informada de los avances que vayas haciendo".

Me paso horas pensando en lo que ha dicho la abuela y cuantas más vueltas le doy, más segura estoy de que la abuela tiene razón.

Gracias a Lara Guevara tengo que haber aprendido un montón de cosas sobre el oficio de detective. Y si consigo resolver este misterio, entonces habré demostrado que Carlitos Terremoto no ha robado la copa.

Y si puedo demostrar su inocencia, también habré demostrado que se puede aprender muchas cosas con los libros de Lara Guevara, esos que la señorita Olga considera tonterías, pero que en realidad contienen buenos consejos y mucha información de utilidad.

Me voy directamente escaleras arriba.

Lo primero de todo es hacer una lista.

Es lo que siempre hace Lara Guevara.

Ella emplea un pequeño ordenador portátil para escribir. Pero no hace falta tener uno. Yo, por ejemplo, no lo tengo. Tampoco necesitas una lupa de aumento. Eso está pasado de moda.

Basta con un lápiz y una hojita de papel.

Hay que escribir todas las pistas.

Lo más importante es apuntar los nombres de todas las personas de quien sospechas.

Se les llama sospechosos.

Los principales son la señorita Olga y Vanesa García. Seguramente la señorita Olga no ha sido, pero me gustaría que así fuera. Todo parece indicar que ha sido Vanesa García, parece que tiene mucha envidia de nuestro trabajo y estaba desesperada por tener un buen tema para el concurso.

Pepe Guasón es mi tercer sospechoso. Siempre es bueno tener al menos tres sospechosos en la lista. Roberto el Copiota no me parece sospechoso, no creo ni que se le pudiera ocurrir llevarse la copa. Nunca tiene una idea original y siempre está copiando a los demás. Es demasiado ingenuo. Otra cosa que tengo que escribir es cuándo descubrieron que la copa había desaparecido.

Nadie la ha visto en la vitrina de los trofeos desde que don Jacinto hizo limpieza.

Por tanto, tuvieron que robarla antes, coincidiendo con la inundación de los servicios de chicos hace cerca de dos semanas.

Me pongo a reflexionar sobre el asunto, y cuando me atasco, leo un poco más del libro de Lara.

Lara Guevara meditaba intensamente.

¿Qué significaba todo aquello? Tal vez fuera buena cosa comentarlo todo con su buen amigo Rubén Ríos. Rubén tenía una gran capacidad de razonamiento.

Era muy brillante.

Marcó su número de teléfono.

"Cómo te va, ilustre".

"¿Eres Lara? Estaba esperando que llamaras. Estoy aquí, en esta cena aburridísima. Mi papá tiene invitados importantes ya sabes, gente famosa y del gobierno, y también ha venido un chico que es un muermo".

El padre de Rubén Ríos era embajador y

siempre tenía invitados importantes. Además le gustaba presumir de ser un hombre muy familiar y se empeñaba en que sus cinco hijos asistieran a sus cenas e hicieran vida social.

"¿No podrías escaparte?", preguntó Lara.

"Imposible. ¿No podrías venir tú por aquí?"

Era la noche libre de Pérez y no había nadie que pudiera llevarla a casa de Rubén. Pero no importaba, podía ir en la bici.

Por supuesto, la bici de Lara Guevara no era una bici vulgar y corriente. Estaba equipada con teléfono, cohetes propulsores y escudo defensivo.

"Estaré allí en cinco minutos", dijo Lara. Y salió de su casa descolgándose por una ventana para no ser vista.

En realidad, con quien quisiera hablar es con Alba Blanco, pero ya no nos hablamos.

Le cuento a Mamá cómo nuestra amistad

se ha ido a paseo

y que ya no somos las

mejores amigas del mundo

como antes.

Nunca volverá a ser lo mismo.

Nunca.

Mama dice: "Me parece que estás exagerando.

Si Alba no te habla, quizá deberías ir tú a hablar con ella.

Los amigos de verdad no dejan de serlo por una discusión sin importancia.

Si lo hicieran, todo el mundo dejaría de hablarse con todo el mundo".

Me dice: "¿Por qué no la invitas a merendar? Hoy podríamos hacer perritos calientes".

Me voy andando muy despacio camino de casa de Alba Blanco, me preocupa que me dé con la puerta en las narices.

Llamo al timbre de su puerta. No es un timbre como todos. Los Blanco lo trajeron de Tailandia. Está hecho con tubos de madera y tiene un sonido muy original.

El timbre de mi casa sólo funciona a veces, y nunca sabes cuándo.

Es Alba Blanco quien abre la puerta. Lleva puestas unas zapatillas súper mullidas, supongo que se las han comprado en Canadá.

Dice: "Hola, Ana Tarambana".

Habla con voz normal, aunque tal vez parece un poco inquieta.

Yo digo: "Hola, Alba. ¿Vienes a mi casa esta tarde a merendar? Seguramente vamos a hacer perritos calientes".

Alba pregunta: "¿Va a ir también Carlitos Terremoto?".

Y contesto: "No, no lo he invitado".

Alba dice: "De acuerdo. Me pasaré sobre las seis".

Por el camino de vuelta me siento más animada.
Y eso que Alba no ha dicho nada del regalo que
me ha traído de Canadá.

Cuando llego a casa, ya desde fuera me quedo
asombrada al ver tantos perros.

Ladran alborotados.

Mamá dice que se encuentra al borde de un
ataque de nervios.

Papá dice que por primera vez en la

vida, tiene ganas de irse a la oficina a trabajar.
Mamá dice que el abuelo podría haber buscado
alojamiento para los perros en cualquier otro
sitio. (Por ejemplo, otra casa que no sea ésta.)
Voy a la cocina y allí me encuentro con Claudia
Segura. Es una de las amigas de mi hermana
Marga, lo que resulta un tanto extraño, porque
ella no está. Sólo están ella y mi hermano Gus,
los dos solos. Están sentados muy juntitos uno al
lado del otro. Y Gus le está sirviendo una
infusión de hierbas, y le está
diciendo cosas como
"¿Quieres una galleta
con mermelada?"
y "Qué bien estás
con ese peinado, te
favorece". Estoy
asombradísima.

Cuando se lo cuento a Mamá, me dice: "Sí, Claudia es ahora la novia de Gus. Me parece que tu hermano se está volviendo loquito por ella".

Mamá dice: "Da gusto ver a Gus, ahora que le ha dado por lavarse y todo. En cambio, tu hermana Marga se ha vuelto más insoportable que nunca. Está enfadada con Gus, porque piensa que le ha robado a su mejor amiga.

Y él está enfadado con Marga, porque ella le ha contado a Claudia que en la habitación de Gus huele a queso".

Cosa que es verdad.

Mamá dice: "¡Por el amor de Dios! ¿Por qué la gente no puede comportarse con normalidad?".

Cuando Claudia ve a Ros, el perro alsaciano, empieza a chillar como una histérica, lo que empeora más las cosas, porque ahora todos los perros se ponen a ladrar al mismo tiempo.

Y Claudia dice que no piensa volver, porque los perros alsacianos le dan pánico.

No le gustan los perros, y punto.

A Gus se le pone cara de naufragio.

Dice: "A veces quisiera no vivir en esta casa".

Papá le mira y dice: "Sé como te sientes, hijo.

Esto empieza a parecer una perrera".

Mamá le echa una mirada de advertencia.

Entonces llega la horrible señora Martínez, la vecina. Viene vestida con un albornoz y su cabeza está llena de rulos sujetos con horquillas.

Dice que está intentando tomar un baño para relajarse, pero que no hay quien pueda relajarse con tres perros ladrando ruidosamente al otro lado de la tapia.

Los perros siguen ladrando. Dice que los perros perturban la paz y que tiene los nervios destrozados. Amenaza con ponernos una denuncia en la comisaría.

Mamá se ofrece para llevarla en coche hasta allí.

Los perros siguen ladrando.

Vuelve a sonar el timbre de la puerta y aparece Carlitos Terremoto. En medio del ruido,

Carlitos dice, "¡Silencio!" y todos los perros se callan, entonces dice "¡Sentados!" y los perros automáticamente se sientan. Dice que tiene varios perros en casa y que pasa mucho tiempo entrenándolos. Su mamá trabaja sacando a pasear a los perros de la gente, y sabe mucho sobre cómo enseñarlos. Mamá le está muy agradecida y le dice: "¿Te quieres quedar a merendar? Vamos a hacer perritos calientes". Y Carlitos contesta: "Qué bien, muchas gracias". Pero cuando me acuerdo de que Alba Blanco va a venir también a merendar, me doy cuenta de que la situación es un desastre. ¿Qué va a decir cuando vea a Carlitos Terremoto? Va a pensar que la

he engañado. No me perdonará nunca. Y en ese
momento vuelve a sonar el timbre de la puerta.
(Sólo suena el "¡DING!", el "¡DONG!" parece
que se ha estropeado, qué pena). El timbre de la
casa de Lara Guevara suena tocando una melodía.
Cuando abro la puerta, es Alba Blanco.
Alba ve los perros y se queda asombrada.
Le encaaantan los perros. Los Blanco no pueden
tener perro,
porque cada
dos por tres se
van de viaje al
extranjero. Y no es
cosa de tener perro
sólo por capricho, para
dejarlo abandonado.
Supongo
que es el
motivo

de que nosotros nunca vayamos de viaje a ninguna parte. Carlitos le enseña a Alba cómo hacer que los perros se sienten y estén callados. Le dice a Alba que, si le apetece, alguna tarde después del colegio puede acompañarle a pasear a sus perros. Mamá le dice a Alba: "Si quieres saber lo que es tener perro, te puedes llevar prestados estos dos". Lo dice en broma, pero Alba llama por teléfono a Juancho y Tere y les pide permiso para tener en casa a Ros y Cuquín una o dos semanas, hasta que Alberto Tello encuentre una residencia de mayores donde esté permitido tener mascotas. Juancho considera que podría ser buena cosa para Alba experimentar la responsabilidad de cuidar un animal. Y le dice a su hija que sí. Mamá suspira encantada, "¡Gracias a Dios!". Gus se marcha con Claudia. Y Alba descubre que, después de todo, Carlitos Terremoto no es tan horrible.

El lunes, otra vez al colegio.
Carlitos y Alba no paran de hablar sobre perros.

Alba parece haberse olvidado de lo mal que le caía Carlitos y de que le parecía un pelmazo. Cuando se lo digo, me contesta que no es que le cayera mal, sino que no quería que nos estropeara el trabajo para el concurso.

Dice: "Pero si resulta que puede ayudarnos con el trabajo, entonces me parece bien que forme parte del equipo".

El único problema es que Carlitos sigue descalificado del concurso por

haber robado

la copa de plata.

Y aunque he estado trabajando por mi cuenta en una especie de chapa, era Carlitos quien se estaba encargando de la parte más importante de la muestra. Sin él, vamos a estar en apuros.

Alba dice: "De todos modos, no podemos ganar si no somos capaces de explicar lo que se puede aprender de Lara Guevara. Y parece que no se nos ocurre nada".

Le digo: "De eso precisamente quería hablarte.

Creo que si solucionamos el misterio y averiguamos quién ha robado la copa, al mismo tiempo resultará evidente que hemos aprendido muchas cosas de Lara Guevara".

Le cuento mi plan a Alba y me dice muy contenta que puedo contar ella. Vamos a preguntarle a todo el mundo qué es lo que saben y qué es lo que no saben.

Es lo que suele decir Rubén Ríos.

Suele decir: "A veces las personas no son conscientes de lo que saben porque no se han parado a pensar en ello. Si lo hicieran se darían cuenta de que saben mucho más de lo que creían".

Creo que sé lo que quiere decir.

Le preguntamos a Alexandra Bustamante.

Le cuento que estamos investigando la desaparición de la copa de plata... y cuál fue el momento exacto de la desaparición. Por ejemplo, podría ser que la hubieran robado justo después de la inundación de los servicios de chicos.

Y Alexandra dice: "¿Sabes qué, Ana Tarambana? Me parece que te traes algo entre manos".

Lo que resulta una obviedad, puesto que acabo de explicárselo. Le pregunto quién cree ella que es el culpable, si sospecha que puede haber sido Vanesa García. Y me contesta: "Vanesa García tenía gripe y faltó a clase el día de la inundación de los servicios. Por tanto, no estaba presente en el momento en que pensáis que la copa fue robada". Está claro que tiene razón.

Le pregunto: "¿Y Pepe Guasón? ¿Crees que puede haber sido él?".

Y Alexandra contesta: "Yo creo que no, porque Pepe Guasón nunca hace nada si no se lo dice Carlitos Terremoto".

Y también tiene razón.

Y le pregunto: "¿Y la señorita Olga? ¿Puede haber robado ella la copa?".

Me contesta que no.

Insisto: "¿Por qué no?".

Me contesta: "Porque es la profesora".

Alexandra Bustamante podría ser una buena detective, tiene una memoria estupenda para los detalles pequeños, cosa que es imprescindible si quieres ser detective.

Así que si no ha sido la señorita Olga, ni Vanesa García, ni tampoco Pepe Guasón, entonces, ¿quién ha sido?
El resto de las pistas no aportan nada, suman cero, como suele decir Lara Guevara a su mayordomo, Pérez.
Y lo que suele decir Pérez es que
"a veces hay que contemplar las cosas desde una perspectiva, más amplia, de manera que los árboles no te impidan ver el bosque".

No estoy muy segura de lo que quiere decir,
pero cuando volvemos a casa de los Blanco se lo
pregunto a Tere y me contesta:

"Me parece que lo que quiere decir Pérez es que,
a veces si das un enfoque diferente a las cosas
resulta más fácil encontrar la solución".

Me dice: "Lo que tenéis que preguntaros en
primer lugar es por qué querría alguien robar la
copa. No tiene sentido hacerse con la copa, si en
ella no está su nombre grabado, junto a la
palabra *'ganador'*.

Tampoco tiene sentido tener la copa si no la
puedes enseñar durante la Jornada de Puertas
Abiertas". Y añade: "Quizá se os ocurra que la
copa simplemente puede haberse extraviado, sin
que alguien haya tenido que robarla, y entonces a
lo mejor dais con ella". Tere sí que está puesta
en cómo resolver misterios. Es escritora de libros
de misterio y se pasa la vida manejando
complicados y misteriosos crímenes.

El martes,

Alba Blanco y yo nos
dedicamos a buscar la copa.
Miramos por todas partes,
incluso en los enormes contenedores
de basura con ruedas que hay fuera
del colegio. Nos damos por vencidas
después de que Alba está a punto de
caerse dentro de uno. Tenemos que
llamar a don Jacinto para que recupere
las gafas de Alba, se le han perdido en
el montón de basura.

A don Jacinto no le hace gracia y dice
que tiene otras cosas que hacer, mejores
que andar metiéndose en los cubos de
basura. Dice que si vuelve a ocurrir, a lo
mejor confisca las gafas de Alba y las
guarda en una estantería de su
almacenillo. En realidad, don Jacinto no
haría eso, porque no es tan borde como
quiere parecer.

153

Pero eso me ha dado una idea. Veamos. Uno de los sitios en donde no hemos buscado es en el almacenillo donde don Jacinto guarda los bártulos de limpieza. Quizá la copa fue a parar allí por accidente, cuando don Jacinto estuvo haciendo limpieza general. Alba dice: "No parece muy probable, pero tal vez valdría la pena comprobarlo". Que es lo que Rubén Ríos suele decir en todos los libros de Lara Guevara.

Pero, por desgracia, don Jacinto nos encuentra con las manos en la masa, cuando estamos mirando en las estanterías del almacenillo. Ahora sí que está molesto con nosotras.

Dice: "Los alumnos tienen rigurosamente prohibido entrar en el almacenillo donde se guardan las cosas del celador. Se han acabado las tonterías". Para colmo de la mala suerte, mientras don Jacinto nos está regañando aparece la señorita Olga. Ahora sí que

tenemos
un problema.

La señorita Olga dice: "Bien, bien, Ana Tarambana, no me sorprende esta conducta tan irresponsable, y vergonzosa". A saber a qué se refiere. "Pero no me lo podía esperar de ti, Alba Blanco. Creí que tú tenías mucho más sentido común." Y añade: "Ya que a las dos os gustan mucho los almacenillos con estanterías llenas de cosas, las dos os vais a pasar el

recreo
colocando
libros en
MI estantería."

Esto supone un gran contratiempo, porque tenemos que resolver el misterio. Tenemos cosas más importantes que hacer, que colocar los libros en la estantería a una persona cuyo nombre empieza por "O", y que es demasiado vaga como para organizar ella solita su propia estantería. Nos lleva mucho rato, porque nos turnamos y una de nosotras lee LAS REGLAS DE LARA GUEVARA en voz alta, mientras la otra trabaja.

Tras recorrer largos pasadizos llenos de recovecos y subir por interminables escaleras de piedra, Lara Guevara llegó ante una puerta de acero. Presentía que detrás de esa puerta se encontraba prisionero el famoso héroe de su serie favorita de televisión.

Lara abrió con facilidad el cerrojo, entró y allí estaba David Trisbal, con aspecto de estar perplejo y desorientado.

"Vaya, me alegro de verte. Creí que nunca iba a salir de aquí", dijo Trisbal con voz de alivio.

"No te preocupes, David, nos vamos a marchar enseguida", susurró Lara mientras desataba a la estrella televisiva.

"Toma mis alas desplegables. Están diseñadas para una niña de once años, pero son muy resistentes y tú tienes aspecto de haber perdido un montón de kilos. Es tu única posibilidad."

"Pero ¿Y tú?"

"No te preocupes por mí. Sé cuidarme."

"Gracias, Lara. Me has salvado la vida", dijo

David Trisbal, y desde un pequeño ventanuco saltó y planeó con suavidad hasta tocar tierra, doscientos metros más abajo.

Lara oyó detrás de sí una voz escalofriante:

"Así que nos encontramos otra vez con Lara Guevara, la colegiala chismosa y metomentodo. ¿De veras te crees más lista que un genio como yo, el maléfico Conde Von Vizconde?"

"Pues no, sólo estaba haciendo un poco de turismo", bromeó Lara. Intentaba que su voz sonara tranquila, aunque por dentro su corazón parecía una coctelera.

"Bueno, ya que estás aquí, te voy a explicar mi plan. Es muy ingenioso."

Mientras Alba lee en voz alta, al limpiar el polvo de la estantería mi mano tropieza con algo que cae sobre su cabeza.

¡Quién lo iba a imaginar!

¡Es la pequeña copa de plata!

Lo que me gustaría saber es qué hace la copa en la estantería de la señorita Olga.

En ese momento, la señorita Olga nos llama:

"Ana Tarambana, Alba, ya podéis venir a sentaros en vuestros pupitres".

Le digo: "Señorita Olga, no nos había dicho que hay dos copas para los ganadores del concurso de trabajos manuales".

Ella responde: "Eso es porque no son dos, sino una".

Y yo digo: "Pero señorita Olga, aquí en sus estanterías hay una pequeña copa de plata que es igual que la de los ganadores del concurso.

Ya sabe, como la pequeña copa que ha robado Carlitos Terremoto".

Y cuando la señorita Olga ve la copa, se pone tan roja como un tomate. Con la cabeza baja, se marcha en busca de don Braulio.

Resulta que la señorita Olga le pidió a don Jacinto que sacara brillo a la copa, para que estuviera reluciente en la Jornada de Puertas Abiertas.

Le dijo que luego la pusiera en su estantería. En realidad, la señorita Olga se refería a la estantería de la vitrina de los trofeos.

Pero hubo un malentendido, porque don Jacinto creyó que se refería a la estantería de la señorita Olga, ya que iba a necesitar la copa para la visita de los padres el próximo miércoles.

Mientras salgo del cole, escucho decir a la señorita Marcia que "don Braulio estaba furioso y le ha dicho a la señorita Olga que no se puede ir por ahí echando a la gente la culpa de cosas que no ha hecho". Y don Jacinto ha contestado: "No puedo estar más de acuerdo".

Alba viene conmigo a casa a merendar.

Cuando llegamos, Mamá está contenta, porque ha encontrado una residencia donde está permitido tener otras mascotas de mayor tamaño que un periquito o un pez. Aunque te permiten tener sólo un perro. (Por ejemplo: o Ros, o Cuquín, pero no los dos.) Eso es lo que hay. Alberto Tello dice que no podría vivir sin el veterano Ros, porque le ha hecho compañía durante casi once años, que para un perro es como si fueran setenta y siete, es decir, la misma edad de Alberto.

Alberto dice: "Los dos somos un par de pensionistas jubilados".

Cuquín es mucho más joven. En años de perro, es como si tuviera la misma edad que mi papá. Si Ros fuera humano, probablemente habría estado en la misma clase y se habrían hecho amigos.

Antes de cenar, Alba, Mamá, el abuelo, Alberto y yo vamos a echar un vistazo a la nueva residencia para mayores. Nos tenemos que apretar en el coche. La residencia se llama El atardecer dorado. A Alba y a mí nos parece muy romántico.

Está pintada con colores muy vivos y en la puerta
principal hay un gran letrero que dice:

'NO HACE FALTA ESTAR LOCO PARA TRABAJAR
AQUÍ, ¡AUNQUE AYUDA BASTANTE!'

Mamá dice que El atardecer dorado es un sitio
muy simpático, porque se ve que tienen sentido
del humor. Se trata de un negocio familiar, que
significa que todas las personas que trabajan en
este sitio son de la misma familia. Todos ellos
llevan gafas. No me puedo imaginar a mi familia
a cargo de una residencia para mayores.

La encargada de recepción se llama Pamela. Dice
que El atardecer dorado reconoce lo importante
que es para la gente poder estar con sus mascotas
más queridas. Dice que ojalá en El atardecer
dorado pudieran tener más animales, pero si
admitieran todas las mascotas de cada persona,
entonces la residencia parecería un zoológico.

A Alberto parece que el lugar le gusta mucho,
sobre todo cuando descubre que ponen pan y
mantequilla para acompañar las comidas. A mí

no me gusta el pan con mantequilla, no lo comería por menos de 33 euros.

Alberto dice que lo único que le preocupa es qué va a ser de Cuquín, el perro pequinés. No soportaría que fuera desgraciado.

Alba dice: "¡Yo lo cuidaré! En casa le hemos tomado mucho cariño y nos encantaría que se quedase a vivir con nosotros para siempre.

Y creo que a Cuquín también le gustaría. Le he visto sonreír. Ya sé que parece absurdo en un perro, pero lo he visto.

Y siempre va a todas partes detrás de Papá y se le queda mirando y le escucha tocar el piano. Me parece que le gusta la música. Cuquín nunca había visto un piano, pero como nosotros tenemos uno en casa, ahora podrá escucharlo siempre que quiera. Y podemos traerlo de visita siempre que quieras. De verdad, Alberto".

Alberto está entusiasmado con la idea pero Mamá dice que primero hay que preguntar a Juancho y a Tere. ¿Y qué va ser de Cuquín cuando los Blanco se vayan de viaje?

Alba dice que Carlitos Terremoto puede cuidarlo, porque su madre es cuidadora profesional de perros.

Total, que llamamos a Juancho y a Tere.

¡Y dicen que sí!

Ha sido un día emocionante. Casi como si fuera cosa de Lara Guevara. Por cierto, ya no puedo esperar más para saber cómo Lara consigue escapar del maléfico Conde Von Vizconde. Porque puedes apostar a que lo consigue.

"¡Ja, ja, ja! Parece que aquí termina la historia de la señorita Lara Guevara, la niña detective.

En cosa de veinte minutos, esta habitación se habrá inundado de agua. No hay manera de escapar. ¡Ja, ja, ja!". El Conde Von Vizconde salió de la estancia y luego cerró la compuerta hermética.

Entonces Lara activó el láser en miniatura que llevaba camuflado como si fuera un adorno de su anillo. En pocos segundos consiguió liberarse de las esposas de acero. Luego lo intentó con la compuerta, pero no cedía. El pequeño ventanuco estaba bloqueado y tampoco se podía abrir. La habitación se estaba llenando de agua muy deprisa.

Al parecer, no había escapatoria. Miró hacia arriba con desesperación y en el techo vio una trampilla, apenas lo suficientemente ancha para permitir el paso de una niña de once años.

Lara había quedado totalmente sumergida y no iba a poder contener el aire mucho más tiempo, así que se puso en la boca el mini-dispositivo de inmersión y sus pulmones se llenaron de oxígeno. ¿Duraría lo bastante la reserva del microrespirador?

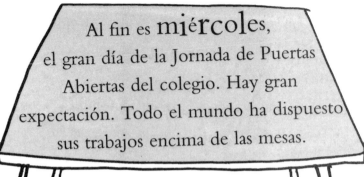

Al fin es **miércoles**,
el gran día de la Jornada de Puertas
Abiertas del colegio. Hay gran
expectación. Todo el mundo ha dispuesto
sus trabajos encima de las mesas.

Nuestra mesa es la más
espectacular. Hay una maqueta de
un volcán que echa humo de verdad.
No pensamos encenderlo hasta el último
momento, para que la sorpresa sea más grand

No queremos quedarnos sin
humo antes de que los miembros
del jurado puedan contemplarlo.

Carlitos ha construido un pequeño helicóptero, y Alba y yo hemos hecho unas figuras de Lara Guevara y Rubén Ríos. El Conde Von Vizconde los tiene colgando sobre el cráter del volcán. También he hecho una figura del malvado Conde Von Vizconde con papel maché. Me ha costado mucho trabajo.

Todavía se está terminando de secar, pero ha merecido la pena. Carlitos ha grabado una cinta con una carcajada escalofriante, que en realidad es la risa de la señorita Olga, pero ella no lo sabe.

Mi primo Noé y Susanita Pardo han instalado en su muestra una especie de gran sartén para freír, pero de mentira. Es sólo de muestra.

En realidad no se les permite cocinar nada, por el riesgo de incendio. Pero han preparado sushi, que es pescado crudo, envuelto con una guarnición de arroz. También han confeccionado un centro muy decorativo con bananas. Pero no son bananas, sino plátanos. Se diferencian de las bananas en que son más pequeños y tienen algunos puntitos negros en la piel. Además su sabor es más intenso y más dulce.

Cuando la exposición lleva abierta un rato, empiezan las intervenciones para explicar los trabajos de cada uno. Yo hago un discurso a lo grande, estilo Lara Guevara. Me sale muy bien. Digo: "Hemos aprendido un montón de cosas de los libros de Lara Guevara". Y paso a explicar cómo fuimos relacionando todas las pistas, de modo que uno y uno sumaban dos.

Al final, todo parecía indicar que la copa de plata no había sido robada, sino que alguien —sin citar nombres— había sido olvidadizo y negligente y había culpado a la persona equivocada.

Lo que suele ocurrir cuando se sacan conclusiones precipitadas. Y termino: "Resulta sorprendente cuántas cosas podemos aprender de un libro que nos gusta, sin darnos cuenta de que las estamos aprendiendo porque estamos entretenidos disfrutando de la lectura".

Y todo el mundo me aplaude.

La señorita Olga se ha quedado con la mirada fija en el vacío y aplaude exageradamente.

Y don Braulio nos dice: "¡Buen trabajo, jovencitos!". Que es casi lo mismo que siempre dice Pérez al final de cada aventura de Lara Guevara: "¡Buen trabajo, jovencita!".

Don Braulio nos dice: "Gracias a vosotras dos, podemos tener la copa de plata entre nosotros esta tarde. Estoy verdaderamente impresionado con vuestra labor de investigación.

¡Incluso podríais quitarle su puesto a Lara Guevara!". Lo que resulta muy halagador, pero no es verdad porque Lara Guevara no es un personaje de la realidad. Aunque me gustaría que existiera. Yo le entrego una de nuestras chapas de Lara, hechas artesanalmente.

Y se la pone. La chapa dice: "Prohibido aburrirse".

Todo el mundo piensa que nuestra intervención ha estado muy bien.

Llámame-Tere me dice que hemos estado brillantes.

La mamá de Carlitos dice que

siente alivio al no tener que regañarle esta noche por alguna gamberrada. Y don Braulio dice que él también. La señorita Olga no tiene más remedio que pronunciar unas palabras de disculpa, diciendo que está terriblemente desolada por el malentendido. En compensación, obsequia a Carlitos con una gran bolsa de golosinas.

Después de que cada equipo ha hecho su intervención para explicar la parte didáctica de su proyecto, los padres se pasean entre las mesas para contemplar los diferentes trabajos.

Oigo cómo la señorita Olga dice a Roberto el Copiota y a Óscar Pascual: "Vuestra

presentación no está mal, pero deberíais
aproximaros algo más a los hechos reales".
Les dice: "No había pollos-dinosaurio".
Eso es un hecho real. "Estos huesos no pueden
tener 65 millones de años de antigüedad."
Veo que Roberto y Óscar no le hacen caso a la
señorita Olga, y cuando los padres se acercan a su
mesa sueltan la trola de que han encontrado los
huesos enterrados en el jardín de su casa.

Vanesa García se encuentra indispuesta en los
servicios, porque se ha comido la mayoría de los
pastelitos victorianos de Alexandra Bustamante
sin decir ni pío. Se suponía que iban a ser para las
visitas. No va a poder hacer su número de ballet
con Ester Moreno.
Se suponía que Pepe Guasón también iba a bailar
ballet, pero esta mañana se ha despertado con una
descomposición intestinal que le impide hacer
cualquier ejercicio físico, podría desmayarse.
Eso sí, se ha puesto ciego de sándwiches de

huevo duro. Así que Ester tiene que hacer ella sola el número de ballet. No le sale muy bien, porque sólo ha ido a clase de ballet durante dos semanas y ni siquiera sabe hacer los movimientos básicos. La mayor parte le sale mal. Vanesa García se tiene que volver a casa temprano. La señorita Olga le dice: "Tengo la sensación de que has tenido el postre que te merecías".

Ha venido un montón de gente que conozco a la Jornada de Puertas Abiertas. Incluso Alberto, Ros y Cuquín. Y también mi papá.

Normalmente, Papá se encuentra demasiado ocupado en la oficina y no puede salir, porque el pelmazo de su jefe, el señor Roca, siempre está encima de él atosigando. El señor Roca es un jefe muy antipático y no le gusta que la gente se tome tiempo libre para pasárselo bien.

Papa le dijo a la señorita Adela, su secretaria (no hay que llamarla secretaria, sino asistente personal) que le dijera al señor Roca que

había
tenido que marcharse
temprano
a su casa,
debido
a una
intoxicación
por la comida.

Lo que resulta gracioso, porque después de comer el sushi que han preparado mi primo Noé y Susanita Pardo, Papá dice que tiene el estómago revuelto.

Yo le enseño a Papá nuestro trabajo y Carlitos enchufa el volcán humeante, pero no parece que suceda nada durante casi un minuto.

Estamos pendientes, esperando con impaciencia. Y por fin empieza poco a poco a salir una nube de humo. Tiene un aspecto muy realista, parece un volcán de verdad. Huele un poco raro, pero esto pasa con todos los volcanes. Supongo.

Ya es casi seguro que vamos a ganar.

Entonces don Braulio se acerca al micrófono. Dice: "Por favor, diríjanse al salón de actos, para proceder al reparto de premios del concurso de este año". Y suelta el mismo discurso de todos los años. Le escucho medio distraída, porque estoy viendo cómo una araña cuelga de su hilo justo por encima de su cabeza.

Por suerte, recupero la concentración justo en el
momento en que don Braulio empieza a decir:
"... así que sólo me queda anunciarles que el
ganador es...". Cierro los ojos esperando oír
cómo pronuncia mi nombre, pero cuando los
abro de nuevo veo que le están entregando
la copa a Alexandra Bustamante, porque
según don Braulio,

"ha realizado una muestra muy informativa y
en muy pocos minutos ha sido capaz de
exponer muchas cosas de lo que
fue la época victoriana"
y también porque
"muy poca gente
sería capaz de

representar a la reina Victoria durante un minuto
y al minuto siguiente a Charles Dickens"
y además porque "los pocos pastelitos
victorianos que hemos podido probar
estaban de veras muy ricos".
Estamos muy

disgustados

por no haber sido nosotros
los ganadores, y no
llevarnos la copa de plata ni
tampoco el premio
misterioso. Al menos ha
sido mi amiga Alexandra la
que se lo ha llevado, y no
la estúpida de Vanesa
García. El premio
misterioso resulta que no
era tan misterioso después de todo, sino algo muy
propio de la señorita Olga,
La Enclopedia del Ballet, que es un buen
premio si el ballet te gusta mucho.

Y

no es

mi caso.

Mientras todo el
mundo
contempla la
entrega del
premio a
Alexandra, el
volcán de Carlitos
Terremoto empieza a
arder y los aspersores de agua
del sistema de seguridad
contra incendios se disparan.
A la señorita Olga se le pone
cara de besugo, con los ojos
abiertos como platos.

La señorita Olga dice que su bolso de piel
de gamuza de imitación se
ha hechado a perder
irremisiblemente.

Debo decir que los sándwiches de huevo que había para los invitados, no hay quien se los coma.

Por suerte, los canapés de salchicha están bastante bien.

Cuando llega mi tío Luís el bombero, va y dice: "No es prudente encender en una clase cosas que echen humo, al menos sin los debidos niveles de supervisión".

Don Braulio llama a la señorita Olga a su despacho.

Me parece que le va a echar una buena bronca. Ojalá.

Todos volvemos a casa.

Jueves

Me despierto muy temprano, a pesar de que las clases se han suspendido todo el día, pues don Jacinto tiene que secar toda el agua de los aspersores.

Va a tener que ponerse botas de caucho.

Le he oído decir a la señorita Marcia:

"La señorita Olga ya se puede despedir de la alfombra de su rincón de lectura favorito".

Porque ha quedado empapada como una esponja.

Y escucho que la señorita Marcia le contesta: "A decir verdad, ése es el menos importante de sus problemas".

Voy a llamar por teléfono a la abuela para contárselo todo, en cuanto acabe de leer

LAS REGLAS DE LARA GUEVARA.

Casi me da pena terminarlo, pero me muero por saber el final.

Es lo que siempre pasa cuando empiezas un libro que te gusta.

Luego,
ya
no
puedes
soltarlo.

Lara Guevara salió del Cuartel General y subió a la limusina que la estaba esperando. Había sido un día agitado. Primero, rescatar a su héroe de la tele, David Trisbal, y luego escapar del pérfido Conde Von Vizconde, fastidiando como de costumbre sus planes para hacerse el dueño del mundo.

En el Cuartel General estaban muy satisfechos de su trabajo y le dijeron que podía tomarse el resto del día libre.

Era una pena no poder regresar al colegio a tiempo para salir elegida delegada de su clase, pero es que había estado un pelín ocupada.

Ni siquiera Lara Guevara podía triunfar en todo.

Al menos, Ramona Repelús no iba a ser la delegada, porque la señorita Felisa la había pillado votándose a sí misma varias veces.

Pulsó una tecla y encendió el supertelevisor con sonido envolvente extra especial de la limusina. Estaba empezando "La comisaría loca", la serie protagonizada por su nuevo amigo David Trisbal.

Era estupendo haber rescatado de una muerte cierta a su estrella favorita de la tele. Lástima que se le había olvidado pedirle a David un autógrafo.

En ese momento oyó la voz de Pérez por el intercomunicador del coche, que tan sólo dijo: "¡Buen trabajo, jovencita!".

Fin

Justo cuando acabo de leer
la última frase,
suena el timbre de la puerta.

Justo cuando acabo de leer la última frase, suena
el timbre de la puerta.

Hace un ruido muy raro, porque hay que
cambiarle las pilas.

Ojala no sean la
señora Martínez
o Roberto
el Copiota.
Por si acaso,
miro por la rendija
del buzón y sólo
puedo ver a
Cuquín, el perro
pequinés.

Así que abro la puerta.

Qué bien, ha venido con Alba Blanco.

Alba le ha comprado un collar nuevo.

Y me ha traído mi regalo de Canadá.

Está impaciente porque lo abra. También Cuquín
está impaciente.

Quién lo iba a imaginar, ¡Nada menos
que el ultimísimo libro de Lara Guevara!
Alba dice que viene
 'calentito de imprenta',
que quiere
decir
que lo han
debido
publicar hace
menos de
una semana.

Se titula ¡VUELA A CANADÁ, LARA!
Tiene la cubierta muy blanca y Lara aparece
con un gorro con orejeras. Todavía no está a la
venta en las librerías. Patricia F. Montes se lo dio
en persona para mí, con una dedicatoria escrita
de su puño y letra:

¡Nunca pierdas
la afición por la lectura!
Para Ana Tarambana,
con mucho cariño,

Patricia & Raphin Stacey

Que es exactamente lo que Pérez hubiera escrito.

Vuelve la página.
Información
importantísima

Para Sylv
Totaaalmente
Gracias

Mi agradecimiento especial a Francesca Dow, Anna Billson y Megan Larkin por ser tan estupendas.

Gracias a Orchard Books por haber sido tan pacientes (al menos, en apariencia) y tan amables, incluso cuando no estaba inspirada para escribir.

Igualmente, muchas gracias a mi agente Caroline Walsh, por las mismas razones.

Gracias a mi madre, por hacer la letra manuscrita de la escritora Patricia F. Montes.

Muchas gracias a la gente de Shaw Farm Video y Chocolate Testing Society por todos sus sabios consejos y por sus reuniones a última hora de la tarde para animarme.

Mi agradecimiento también a Rococo Chocolates, pues sin sus maravillosas barritas de chocolate no hubiera sido posible que este libro viera la luz.

Y por último, mi agradecimiento a todos los que se tomaron la molestia de leer el original y decirme que les gustaba, aunque sólo fuera un poco.

Título original: *Utterly Me, Clarice Bean*
Publicado originalmente en inglés
por Orchard Books, en 2002
© del texto e ilustraciones: Lauren Child, 2002
© de la traducción, Esteban Morán, 2006
© de esta edición, RBA Libros, 2006
Pérez Galdós, 36 - 08012 Barcelona
rba-libros@rba.es / www.rbalibros.com

Primera edición: septiembre 2006

Ref: OAFI190
ISBN: 84-7871-624-6
Impreso por
Novagràfik